淫獣の宴

目次

第一章　袋小路

暖炉がなければ凍え死んでいただろう。

加治修一はようやく炎をあげだした薪《まき》を火《ひ》搔《か》き棒で搔きまわしながら、幸運を嚙《か》みしめた。

暖炉だけではない。雪に押しつぶされて半壊になっているとはいえ、この別荘を偶然発見できなければ、人里離れた雪山の中で遭難し、雪解けの春まで死体すら発見されなかったかもしれない。

「寒い、寒い」

暖炉の前には、加治を含めて四人の男女がおしくらまんじゅうをするように身を寄せあい、炎に手をかざしていた。

椎名希子、二十三歳。彼女はアイドルタレントだ。現在ブレイク目前で、コンビニの本棚に行けば彼女がグラビアを飾っている雑誌がたいてい置いてある。ＣＭの話が複数進行中で、メインキャストの最終オーディションまで駒を進めているドラマ、映画、舞台がそれぞれ二、三本ずつあり、半分でも決まれば、単なるグラビアアイドルから女優へと脱皮する芽が見えてくる。

光石誠、二十九歳。若手の売れっ子カメラマンで、女を撮る専門家だ。表情の変化をつかむのがうまく、彼に撮られるともうひとりの自分を発見できるとも言われ、被写体になりたがる女優やアイドルが後を絶たない。

そして、椿堂美智流、三十八歳。希子の所属するタレント事務所〈カメリア〉の女社長である。業界では、ふたつの意味で有名だ。美人で、やり手。ただし、手塩にかけて育てた女優を他の事務所に引き抜かれてから、この三年ほど低迷していた。希子がブレイクすれば、再び注目されることになるだろう。

彼女は加治にとってボスだった。加治は〈カメリア〉の稼ぎ頭である希子の専属マネージャーで、今年三十五歳になる。

四人でワンボックスカーに乗りこみ、雪景色を求めてロケに出たのは、今朝早く、まだ日の出前のこと。

夏に発売される、希子の写真集の追加撮影のためだった。東京ではもう桜も散り、そろそろゴールデンウィークという時期である。雪景色など山間部まで足を延ばさねばあるはずもなく、美智流も加治も難色を示したが、カメラマンの光石が頑として譲らなかった。

「僕の希子ちゃんに対するイメージは雪なんですよ、雪。真っ白いヴァージンスノウっていうのかなあ。おそらくファンの気持ちも同じだと思いますけどね。夏に売りだす写真集だからこそ、あたり一面雪景色っていう中に、彼女がたたずむカットが欲しいわけです」

光石は腕のいいカメラマンだったが、まだ若いせいか、作品へのこだわりが強すぎる嫌いがあった。アシスタントは不要だし、編集者の同行さえいらない。自腹を切ってもいいから、一泊のロケをさせてくれと美智流に直談判した。

結局、美智流が折れた。撮影済みのカットが最高の出来だったから、折れざるを得なかったのである。

「まったく、光石くんには泣かされるわね」

スタッフ会議の席で、美智流は呆《あき》れたように苦笑した。

「でもまあ、この際だから、みんなで温泉にでも泊まってゆっくりすることにしましょうか。打ち上げを兼ねた慰安旅行よ」

「だったら、僕がいいところを知ってます。山奥にある秘湯っぽいところで、雰囲気もお湯も最高なんですよ」

光石は得意満面で言い、温泉宿を手配した。

その結果が、雪山で雪崩《なだれ》に遭って遭難である。

山道を走っていたワンボックスカーは、秘湯温泉に向かう途中で雪崩に巻きこまれて崖《がけ》から転落した。四人とも怪我《けが》がなかったのが奇跡のような大事故だった。ワンボックスカーは無惨に大破し、エンジンが煙を吐いていたので、爆発を恐れて荷物も持たずに逃げださねばならなかった。

風が強く吹いていた。ごうごうと唸《うな》る風音に耳を塞《ふさ》がれたような状態で、道のない山の斜面を無我夢中で走った。気がつけば、元の場所がわからなくなっていた。荷物を取りに戻ることは諦《あきら》めるしかなかった。

加治以外の三人はクルマに携帯電話を置いたままだった。ダウンジャケットのポケットに入っていた加治の携帯は、崖から転落した衝撃で壊れていた。

たとえ壊れていなくても山間部で使えたかどうかは定かではないが、とにかく、助けも呼べずに日没だけが迫ってくる絶望的な状況の中、一時間以上歩きまわってようやく家屋を発見した。人間嫌いの主が所有者と思われる別荘が、山の斜面にポツンと建っていた。人里離れた山奥で遭難から救ってくれたのだから、人間嫌いに感謝しなければならなかった。

とはいえ、その家屋にしても雪崩の被害に遭っており、半壊の状態だった。

いまみんながいるリビングをのぞけば、部屋も廊下も壁が破れ、降りはじめた粉雪が冷たい風に乗って吹きこんできている。電気、ガス、水道などのライフラインはすべて断たれており、食糧の備蓄も見つけられないまま日没を迎えた。

「まあ、暖炉があって助かったわよ」

美智流が溜息《ためいき》まじりに言った。雪に濡れたズボンの裾をしきりに気にしている。

彼女は撮影中、クルマの中で待機しているのが常なので、東京にいるときと変わらない格好をしていた。毛皮のコートにシルバーグレイのパンツスーツ、靴はパンプスである。ダウンジャケットに登山ブーツで防寒態勢を整えてきた加治や光石と違い、雪道を歩くのはさぞかし骨が折れたことだろう。

「明日になれば捜索も始まるだろうし、今夜だけやりすごせばなんとかなるでしょ」

美智流は自分に言い聞かせているように言って、チョコレートをひと口囓《かじ》った。

昼食を囲んだ蕎麦《そば》屋の主が希子のファンで、彼から貰《もら》った板チョコを、希子はポケットに入れっぱなしにしていた。それを先ほど、四人で分けたのである。

「捜索って、ヘリコプターで来るんですか？」

希子が美智流に訊《たず》ねた。彼女はオーバーサイズのベンチコートに体を包まれていても、寒そうに震えていた。撮影の途中だったので、コートの下が薄着なのだ。フリルのたくさんついた半袖の白いニットと赤いチェックのミニスカート、黒いタイツ。靴がムートンブーツだったのが、せめてもの救いだろうか。

「ヘリコプター？　まあ、そうかもしれないわね」

美智流は興味なさそうに答えた。

「でも……」

希子が続ける。

「このあたりは山の斜面だから、ヘリコプターが来ても着陸するところがなくないですか？　ロープでひとりずつ吊るされるのかしら？　わたし、あれ怖いな」

「生きるか死ぬかになったら、そんなこと言ってられないでしょ」

美智流が冷たく突き放したので、

「ヘリコプターとは限らないよ」

加治はフォローした。

「地元の山岳会みたいな組織が、朝になったら山狩りをしてくれるだろうし」

「そういう場合は、歩いて山をおりるわけ？」

希子が心配そうな上目遣いを向けてくる。

「わたし、自信ないな」

「ゆっくりおりれば大丈夫さ。クルマが通れる道だってあるかもしれないし……ああ、そうだよ。別荘があるんだから、近くに道があるに決まってる」

「そうかなあ……」

希子の不安は、全員の不安だった。

ワンボックスカーが大破した場所から一時間以上歩いてきたが、途中で道などただの一度も見かけなかったからだ。見渡す限り枯れ木と雪が延々と続く、水墨画の世界にも似た景色の中を彷徨《さまよ》いつづけていたのである。

とはいえ、ここに別荘がある以上、避難場所として捜索の対象にされる可能性は低くはないはずだった。夜が明けて外が明るくなれば元気も出てくるだろうから、それまでなんとか辛抱してほしい。いつものガッツで乗りきってほしい——加治は胸底でつぶやいたが、不安を消すことはできなかった。

希子が弱音を吐くのが珍しいからかもしれない。

可愛《かわい》い容姿に似合わず、彼女はいまどきの子にしては根性があるほうで、どれだけスケジュールがタイトになっても、泣き言ひとつ言ったことがなかった。「ファンあっての希子ですから」と、雑踏の中でさえ笑顔を振りまく。新幹線で寝ているところを起こされても、嫌な顔をせずサインに応じる。

(あれだけの雪崩事故で助かったのは、きっと……)

希子の強運のせいに違いない、と加治は思っていた。

〈カメリア〉に入社し、希子の担当マネージャーになってから三年が経《た》つが、加治はそれ以前、かなり荒《すさ》んだ生活を送っていた。鈍色《にびいろ》に塗りつぶされた孤独な毎日の中で、唯一の慰めが希子のグラビアを眺めることだった。雑誌の表紙に彼女の名前が印刷されていれば、反射的にレジに持っていった。

若くて可愛らしいのに、なんとも言えない気品を感じさせる女の子だった。

猫のように大きな眼がいちばんのチャームポイントなのだが、そのせいでパッと見は可愛く、あどけない印象がある。しかし、よく見れば眼鼻立ちが美しく整っていて、いっそ古風な風格さえたたえ、将来とんでもない大人の美女に化けるのではないかという予感がした。

可愛い顔立ちとは裏腹に、プロポーションは男好きする悩殺ボディそのものだった。バストとウエストとヒップが、ボンッ、キュッ、ボンッ、という悩ましいS字を描き、水着姿で大胆なポーズをとると、正視できないほどのいやらしさを放射した。

顔立ちと体つきのギャップが大きすぎていやらしいのだ。当時の希子はまだ人気者とは程遠い存在だったから、求められるポーズもきわどくて、水着姿で四つん這《ば》いになったり、時にはM字開脚まで披露していた。尻の丸みはもちろん、ヴィーナスの丘のこんもりした盛り上がり具合さえ、読者にさらしていた。

荒んだ生活をしていたとはいえ、加治は女にだけは困っていなかった。

むしろ、日替わりで違う女を抱くことが、義務のような日々を過ごしていた。

にもかかわらず、希子のグラビアで自慰に耽《ふけ》っていたのだから、よほど好きだったのだろう。写真に写った希子と見つめあいながら、十代のころのように硬く勃起した男根をしごき、煮えたぎる欲望のエキスを何度も何度も吐きだしていた。

人生なんてわからないものである。

希子のマネージャーになったころ、加治はよくそう思ったものだ。なにしろ、それまで自分を慰めるためのオカズにしていた女のスケジュールを管理することが、仕事になったのである。あまりにも照れくさい運命の悪戯《いたずら》に、最初のころは希子の眼を見て話すことさえできなかった。

とはいえ、こんな運命の悪戯なら大歓迎と言っていい。それまで指針がなく、迷いっぱなしだった人生に、大きな目標ができた。

希子をスターにすることだ。

生身の希子と会って、加治は確信した。彼女はまだまだ売れる、と。贔屓目《ひいき》ではなく、スターになるために生まれてきたオーラが、希子にはたしかにあった。まわりの空気を凜《りん》とさせる気品と、くるくると変わる表情がもたらす華やぎと、一度でいいから抱いてみたいと思わせる若々しい色香が、矛盾することなく共存していた。

目標ができると、孤独からも解放された。

同じことを考えている人間が、手を組もうと声をかけてくれた。テレビ局にも広告代理店にも出版社にも、少数ながら希子のファンが存在していた。

美智流によれば、売れるタレントはまず、業界内で強く支持される傾向があるらしい。少数でも熱狂的な支持があれば、人気に火がつくものだという。希子の場合はまさにそのパターンで、彼女の天性に惚《ほ》れこんでいる人間が確実にいた。一緒に彼女を売りだしていこうという仲間ができた。

もちろん、応援団の団長は美智流だし、まだ決して多くはないが純粋なファンの人たちもいる。みんなで希子という御輿《みこし》を担いでいることに、生きる悦《よろこ》びを見出《みいだ》している。

そんな彼女が雪山で遭難して死ぬわけがなかった。

人がある役割をもってこの世に生を授かるのであれば、希子はまだ自分の役割をまっとうしていないのだ。

死ぬことは神様が許さない。

たとえ神様が許しても自分が許さない。

加治は自分の命と引き替えにしても、希子を守る覚悟だった。いま初めてそう思ったわけではない。彼女のマネージャーになったときから腹は括《くく》っていた。

ただ……。

彼女が最近、伸び悩んでいることも、また事実だった。

タイトになる一方のスケジュールに疲れていることもあるのだろうが、壁にぶつかっているような迷いが見えた。ひとつでも大きな仕事が決まり、それを成し遂げることができれば、自信も生まれ、ひと皮剝《む》けることができるのだろうが、輝ける未来へと続く嬉しい知らせがなかなか届かないことに、加治もジレンマを覚えていた。


リビングは十五畳ほどの洋間だった。

板張りの床にペルシャ絨毯《じゅうたん》が敷かれ、四人はゆうに座れそうな本革製の重厚なソファが置かれている。

人間嫌いの主は金持ちの老人らしかった。暖炉の上にはいまどき滅多にお眼にかかることがないマントルピースが飾られ、天井からはシャンデリアがぶらさがり、テーブルや椅子やチェストは金銀がちりばめられたアンティークで、古めかしくも懐かしい成金趣味の匂いがした。ただ、近ごろこの別荘に寄りついていなかったらしく、調度に指を這わせると、うっすらと埃《ほこり》が積もっていた。

暖炉の炎のおかげで、上着を脱いでも平気なくらい室内の温度もあがった。冷えきった体が暖まると、みなそれぞれに部屋の中に散っていった。希子と美智流はソファに座り、光石は絨毯の上で足を投げだしている。加治はどこかに食糧がないかチェストや棚の上を探しているが、それらしきものはまだ見つからない。

沈黙が重苦しかった。

もはやこの状態で残されているのは、体力を温存するために睡眠をとることだけだったが、暖炉の炎だけが光源の薄暗い部屋の中で、四人は四人とも異様に眼を輝かせていた。まるで眼を閉じればこの世の終わりが訪れるとでも思っているかのように、ムキになって眼を開けている。雪山を一時間以上歩きまわり、体は疲れきっていても、神経が高ぶってしまって、どうにも眠れそうにない。

「ちょっといいですか？」

沈黙に耐えかねたように、光石が口を開いた。残りの三人が、いっせいに視線だけを動かし、彼を見やった。

「なんていうか、その……こんなときになんなんですが……」

光石は言いづらそうに口ごもり、間を取るように伸ばしていた脚を畳んで、絨毯の上に正座した。

「黙ってるのもしんどいし、せっかくだから……」

「なによ？」

美智流が先を急《せ》かした。疲労感や空腹感が苛立《いらだ》ちを誘っているようで、声が尖《とが》っていた。

「話があるなら、すればいいじゃない。退屈しのぎにちょうどいいから」

「はあ……」

光石はうなずき、何度か深呼吸してから言葉を継いだ。

「僕、昔からそういうところがあるんですが、話をするシチュエーションに、とてもこだわってしまうんですね。そのための準備は怠らないと言いますか……実は折り入ってお話があったんです。社長と加治さんに」

もったいぶった言い方に、美智流は眉《まゆ》をひそめた。加治も訝《いぶか》しげに光石を見ており、希子だけがどういうわけか、急にそわそわと落ち着かなくなった。

「実のところ、そのためにこのロケをアレンジしたといってもいいくらい、重要な話がありまして……」

光石が意を決した表情になった。

「おふたりと、ゆっくりお話がしたかったから、あえて一泊になるようなロケを提案したと言いますか……」

「だからなに？」

美智流はふっと笑って先をうながした。光石の顔が可哀相《かわいそう》なくらいこわばり、緊張がひしひしと伝わってきたので、助け船を出したのだろう。

「時間だけはあるんだから、じっくり聞きますよ。光石さんみたいな売れっ子がわざわざそんなまわりくどいことするなんて、よっぽどの話なんでしょうね」

「ええ……」

光石は正座した両膝《りょうひざ》をつかみ、震える声を絞った。

「希子ちゃんと結婚させていただこうと思いまして……」

加治と美智流は同時に眼を丸くした。視線を交錯させてから、希子を見た。それも、ほぼ同時だった。

「どういうこと？」

美智流が希子にささやいた。笑いかけたつもりらしいが、頬《ほお》が思いきりひきつっていた。

「結婚って、あなた……光石さんとお付き合いしてたの？」

希子はひどく気まずげにうつむき、もごもごと口を動かしたが、なにを言ったのか言葉としては聞きとれなかった。

「僕に説明させてください」

光石がかわりに言った。

「内緒にしていて申し訳ありません。僕は希子ちゃんと交際させてもらってます。希子ちゃんと初めて会ったのは、四カ月くらい前、映画祭のパーティでした。ちょうど写真集のオファーが来てるときで、正直に言えば僕はそのオファーを断るつもりでした。スケジュールがとれそうになかったからです。でも、生身の彼女に会ってびっくりしました。もちろん、彼女のグラビアは見たことがあったんですが、いままで撮ったカメラマンは、全然彼女がわかってないと思った。僕ならもっと……僭越《せんえつ》ながら、限界まで彼女の魅力を引き出せるって確信しました……」

そのパーティには、加治も帯同していたし、美智流も一緒だった。希子はプロ意識の高い子なので、露出度の高いドレスを着て、業界関係者に積極的に話しかけていた。光石もそのうちのひとりだったというわけだ。

「それで、なんとかスケジュールを調整して、オファーを受けることにしたんです。撮影は最高でした。あんなに興奮しながらシャッターを切った経験は、いままでに何度もありません。僕はカメラマンとして希子ちゃんに惚れこみました。それがいつしか、男としても惚れているってことに気づいて……撮影が終盤に差しかかったころ、社長やマネージャーさんに見つからないようにこっそり食事に誘ったんです。仕事が終わってしまえば、きっと会う機会もなくなってしまうだろうって、それが怖かったから……事務所の人に内緒だよって言ったにもかかわらず、彼女は来てくれました。誓って言いますが、タレントさんとふたりきりで会うのなんて初めてでした。人に見られちゃまずいだろうから、個室のあるレストランで食事して、僕は自分の気持ちを正直に伝えました。いい加減に付き合うつもりはありませんでした。最初から結婚を前提にって、そのときにきちんと言いました。そうしたら……彼女も受けいれてくれて……そうだよね、希子ちゃん？」

希子をのぞく三人の視線が、いっせいに彼女に集まった。

「……はい」

希子は小さく、けれどもきっぱりとうなずいた。

「わたし、光石さんと結婚したい」

「ちょっと待ってよ」

美智流が溜息まじりの苦笑をもらした。

「お付き合いはともかく、いきなり結婚なんて……あなたまだ二十三でしょう？　焦る必要なんてどこにもないじゃないの。だいたい仕事はどうするつもりなの？　ようやく売れはじめてきたところなのよ」

「お仕事は……」

希子が気まずげに声を絞る。

「続けたいです」

「結婚したらいままで通りには続けられないのよ。わかってる？」

「そうでしょうか？」

光石が口を挟んだ。

「結婚したって、普通に仕事を続けてる女性タレントなんて、いまどき珍しくもないじゃないですか」

加治は胸底で苦々しく舌打ちした。

なるほど、たしかに電撃結婚でマスコミを賑《にぎ》わせる若い女性タレントは後を絶たないし、なかには人気を継続させている場合もある。パターンはふたつだ。子供を産んでママドルになるか、結婚しても揺るぎないほどの実績があるか。

グラビアで水着姿を披露しているタレントの多くがそうであるように、希子のファンは男が中心なので、ママドルになって同性の支持を受けられるとは思えなかった。もちろん、後者のパターンにも当てはまらない。揺るぎない実績どころか、希子はまだ、ドラマや映画でヒロインを演じたことすらないのである。

「結婚したらいままで通りに仕事が続けられなくなるなんて、そんなのナンセンスじゃないですかね？」

光石は滔々《とうとう》と続けた。

「昔と違って、いまのファンはアイドルだってきちんとわかって応援してますよ。僕はこう思ってるんです。僕と結婚することで、タレントとしての椎名希子が、ひと皮もふた皮も剝けてくれればいいって。彼女ならそれができるって確信してますし、僕だって全力でバックアップします」

得意げに自説を披露する光石を尻目に、加治と美智流は眼を見合わせた。お互いに、鼻白んだ顔をしていた。

（ひと皮剝けるなんて、簡単に言ってくれるな……）

加治は内心でひどく苛立った。

売れっ子カメラマンが眼を輝かせて語っているのは、そうなればいいという希望にすぎない。希望を語ることは悪いことではないが、現実をまったくわかっていない。業界にいる人間のくせに、どうかしている。

なるほど、アイドルだって人間だろう。綺麗《きれい》な服を着ていつもニコニコしていても、トイレにも行けばセックスだってする。そんなことは誰だってわかっている。だが、セックスの相手を公表すれば、ファンの応援意欲が急降下するのもまた、逃れられない現実なのだ。

ファンが見たいのは現実ではなく、幻想だからである。

それでもなお、「アイドルだって人間だ」と言い張るのは、後出しジャンケンにも似た卑《ひ》怯《きょう》なやり方だろう。

ファンの幻想に貢献して稼いでいる以上、プライヴェートがある程度制限されることくらい、芸能界に入る前からわかっていたことだからだ。

それに、アイドルは自分の足だけで立ってスポットライトを浴びているわけではない。御輿のような存在であり、誰かに担がれて注目を集めている。直接的に担いでいるスタッフが汗をかいているのは、自分の御輿をとびきり輝かせたいという夢があるからだし、その夢に生活まで賭けている。間接的に担いでいるファンは、アイドルを応援することで刹那《せつな》の幻想に酔い痴《し》れる。

「いったいどうしたんだ?」

加治は希子に言った。

「私は希子のことを、とてもプロ意識の高い女の子だと思ってたけどな。ようやく女優の仕事も入りはじめて、これからってときなんだぜ」

「それは……わかってます」

希子は唇を嚙みしめた。

「だろ？　男と付き合うなとは言わない。だが、写真に撮られたり、ましてや結婚なんて、ファンの期待を裏切るだけだ」

「でも、わたしらしくいるためには、我慢するのはよくないんじゃないかって……ファンの人も、わたしらしく生きているわたしを応援してくれるって思うし……」

助けを求めるように、チラリと光石を見る。

（なるほど……）

加治は不快感で胸がつまるのを感じた。

いまのは希子自身の言葉ではない。彼女はいままで、「わたしらしく」などという、自分探しに熱中している若者めいた言葉遣いをしたことがない。売れっ子カメラマンにすっかり洗脳され、口論になった場合の受け答えのシミュレーションまで済んでいるということか。

「いったい誰の入れ知恵かしら？」

忌々しげに吐き捨てた美智流も、どうやら同じ事を考えていたようだ。

「簡単に言ってくれるけど、実際問題、いまあなたが結婚宣言したら、話が決まりかけているCMも、最終オーディションに残ってる女優の仕事も、全部パーよ。あなたが独身で、男性ファンが多いっていう条件で話が進んでるものばっかりなんだから」

「そうかもしれません」

光石は笑った。上から目線の嫌な笑い方だった。

「ただ、僕は今回の写真集に自信があります。かならず話題になるし、いままで希子ちゃんに注目してなかったクリエーターからも、仕事のオファーが来るはずです。流れる仕事もあるでしょうが、新しい仕事だって増える」

「そういう希望的観測の話はもういいの」

美智流はヒステリックに声を尖らせた。険しい表情でソファから立ちあがり、息がかかる距離まで光石に顔を近づけていく。

「わたしが言っているのはね、現状進んでる仕事が飛んでしまうのをどうするかってこと。あなた、責任とれるの？　お金だけの問題じゃなくて、事務所の管理責任が問われちゃうのよ」

「タレント事務所は、タレントの心の中まで管理するところじゃないでしょう」

「あのねえ……」

美智流の唇は怒りのあまり震えだし、眼が吊りあがった。

「それがタレントに手を出した男の言いぐさなの？　業界の仁義ってものをわからせてあげましょうか？」

「脅しですか？」

光石は失笑しつつ、美智流を睨《にら》み返した。

「こわーい芸能界のボスとかが出てきて、仕事を干されてしまうんですか？　べつにかまいませんよ。そうなったらそうなったで、海外に行けばいいだけのことです。アメリカにもヨーロッパにも、僕を使ってくれる雑誌はある。ご存じないかもしれませんが、僕はニューヨークのアートスクール出身で、ファッション業界にコネクションが多い」

「だからって、人の米びつに手を突っこむようなことが許されると思ってるの！」

美智流は怒声とともに光石の顔に唾《つば》を飛ばし、光石は苦々しい表情でそれを拭った。

お互い感情的になっていた。感情的になってまともな話しあいができるわけがない。普通ならお茶を飲んだり、食事を挟んだりして、気分を落ち着けることを誰かが提案しただろう。

しかしいまは、そんな状況ではない。

命からがら遭難を逃れたばかりで、一杯のコーヒーすら飲むことができないのだ。ただでさえ、疲労と空腹が神経を摩耗させている。所属タレントの結婚という、芸能事務所にとってもっともデリケートな問題を、間違っても話しあうべきときではないのである。

加治は黙っていた。

自分がふたりをなだめるべきなのは承知の上だった。

眼を剝いて睨みあっている女社長と売れっ子カメラマンの間に割って入り、ひとまず落ち着きましょうとふたりをなだめる役割を果たせるのは、この場には加治しかいない。

それができなかったのは、加治もまた、感情的になっていたからだ。手のひらに爪が食いこむくらい拳を握りしめ、歯を食いしばって沈黙を守っているのは、少しでも油断すれば、自分でも手に負えないほどの感情が高ぶってしまいそうだったからである。それを抑えるのに精いっぱいで、他人をなだめる余裕などなかった。

「ねえ、希子。答えて」

美智流は光石に背を向けると、希子の双肩をつかんで顔をのぞきこんだ。

「あなた、本気でこんな男と結婚しようっていうわけ？　女優になりたいっていう話は嘘だったのかしら。わたしたちと夢を追いかけるのを、あなた、そんなに簡単に諦めてしまえるの？」

「……女優には……なりたいです」

希子は顔をそむけ、蚊の鳴くような声で答えた。

「でも……わたしだって……タレントの前に女でもあるわけで……女としての幸せを追求できる権利もあるんじゃないかなあって……」

「……呆れた」

美智流は哀《かな》しげな顔で首を振った。失望や落胆、いや、それを通り越した深い絶望が、生々しく伝わってくる表情を見せた。

加治には美智流の気持ちがよくわかった。

彼女は前にも一度、所属タレントの裏切りにあっている。三年ほど前、手塩にかけて育てた人気女優を、他の事務所に引き抜かれたことがあるのだ。

相手は業界大手の一角を占める事務所だったから、引き抜きそのものを潰《つぶ》すことはできなかったらしい。億単位の移籍金をぶんどってやったと、いまでは笑い話にしているけれど、心の痛手は相当なものだったろうし、おそらく完全には癒《い》やされていない。いまでもその女優がテレビに映ると、美智流は即座にチャンネルを変える。それができないシチュエーションなら、黙って席を立つ。

「そんなに大げさな話ですかね」

光石が美智流を見て言った。先ほどまでの挑発的な態度を引っこめ、真剣な面持ちをしていた。

「希子ちゃんは、現代の女の子として極めて真っ当な欲求をもっているだけですよ。女優にはなりたいし、結婚もしたい、どちらも諦めたくない。これのどこが悪いんでしょうか？　あとは僕も含めたまわりの人間の問題です。みんなでサポートしていけばいいんですよ。希子ちゃんが立派な女優になれるように……」

「……もういい」

美智流は力なく首を振り、ソファに腰をおろした。うなだれた頭を両手で支え、長い間、わなわなと全身を震わせていた。

沈黙が重かった。

しかしそれは、凍える水墨画の世界からこの部屋に逃げこんできたときの、安堵《あんど》が混じった沈黙とはずいぶん違った。

熱を孕《はら》んでいた。触れれば火傷《やけど》しそうな緊張感だけがそこにいる人間を押し黙らせ、少しでもきっかけがあれば大爆発を起こしてしまいそうだった。

「……ねえ？」

美智流が顔をあげ、長い黒髪をかきあげた。死んだ魚のような眼で、希子と光石を交互に眺め見た。

「わたしはもう、希子とはやっていけない。結婚でもなんでも好きにすればいいけど、仕事を続けるなら別の事務所に移って」

「そんなこと言わないでくださいよぉ」

希子はもじもじと身をよじり、泣き笑いのような顔をつくった。本気で困惑したときの、彼女の癖だった。

容姿に恵まれ、いまどき珍しい根性のある女の子でも、希子はそれほど頭がいいほうではない。若さゆえの愚かさや浅はかさを人並みにもちあわせているだけとも言えたが、それがこんな形で露呈されてしまうなんて、加治は残念でならなかった。

「ねえ、社長。わたし……」

「黙って。もう決めたことだから」

美智流はぴしゃりと反論を打ちきった。若さゆえの愚かさや浅はかさを許容できないほど、希子が踏んでしまった地雷は大きかったようだ。

「移籍金がどうこうとかも言わない。気持ちが切れちゃったの……」

本気で困惑している二十三歳を黙らせてしまうほど、美智流の口調は凍《い》てついていた。暗く、重く、寒く、先ほど四人で彷徨《ほうこう》していた氷の世界を彷彿《ほうふつ》とさせた。

「希子がうちに来て、五年か……いろいろあったし、苦労もしたし……ふうっ、どこにもって行けばいいのかしら、このやるせない気持ち……」

言葉を継ぐほどに、口調は沈んでいく。取り返しのつかない事態が起こってしまったことを、その場にいる人間に思い知らせる。

「せめて……せめて最後に、踏ん切りをつけさせてくれないかなあ……希子を諦めるきっかけを、わたしにちょうだい……」

加治は内心で首を傾《かし》げた。美智流は元来、考え方がシンプルで、はっきりとものを言うタイプなのに、なにを考えているのかわからなかった。彼女以外の全員が、固唾《かたず》を呑んで彼女の次の言葉を待った。

「ねえ……」

美智流はたっぷりと間をとってから、希子と光石の顔を順番に見た。

「ふたりが愛しあってるところ、わたしに見せて」

「愛しあってるところ？」

光石が苦笑まじりに首を傾げる。

「セックスよ」

美智流はきっぱりと言い放ち、にわかに眼光を鋭くした。

「いまここで、わたしの眼の前で、セックスしてみなさい。そうすれば、きっと踏ん切りがつけられる。あなたみたいな自信過剰な世間知らずに抱かれてあんあんよがってる希子を見れば、愛想も尽きるでしょう」

「なにを馬鹿な……」

光石が失笑を浮かべて首を振り、

「冗談やめてくださいよぉ」

希子は泣き笑いのような顔で身をよじりながら、すがるように美智流を見た。

「わたし、結婚はしても、事務所の移籍なんてしたくないですぅ。まだ〈カメリア〉で働きたいですぅ……」

「やりなさい」

美智流は希子の哀願を無視して、まっすぐに光石を見た。

「やれば、希子を自由にしてあげる。あなたが希子をマネージメントすればいいわよ。たとえ結婚しても、女優として成功させられる自信があるんでしょ？　お手並み拝見してあげる」

「……ほう」

光石は失笑を引っこめ、細めた眼を光らせた。

美智流の言葉が胸に刺さったようだった。光石は元々、野心家であることを隠さないタイプだった。おまけに、写真集を一冊つくるだけでも、タレントの魅力をすべて引き出そうとするアーティスト気質だ。

結婚を決意するほど惚れこんだ希子を移籍金なしで囲いこめるとなれば、渡りに船、いや、棚からぼた餅《もち》にも似たおいしい話に聞こえてもおかしくない。眼つきが完全に変わってしまった。芸能事務所を興すプランが一瞬にして頭の中で成立したような、そんな表情になった。

「そういう話、あとになって冗談でしたって言っても通用しませんよ、社長」

「そうね」

　美智流は挑むように光石を睨みつけた。

「わたし、冗談も嫌いだけど、それ以上に人を裏切る子が大嫌いなの。恩知らずな子はね、たとえ引き留めておいても、どうせいつかわたしを裏切るから」

「……わかりました」

　光石はうなずき、希子を見た。眼つきを変えた光石に希子はおののき、身をすくめている。いまにも泣きだしそうな顔で、首を振りながら後退《あとずさ》る。

「希子ちゃん……」

　光石は声を低く絞り、間合いをつめていく。

「キミの将来……仕事もプライヴェートも、全部僕に預けてくれないか。きっとうまくいく。僕の残りの人生、キミを女優として成功させ、女として幸せにするためだけに、なにもかも捧げるって約束する」

「いっ、いやっ……」

　牡《オス》の欲望を前面に出した光石に抱きしめられ、希子は声を震わせた。驚愕《きょうがく》にそれ以上言葉も出ない様子で、酸欠の金魚のようにパクパクと口を動かしては、必死になって首を振った。

綺麗な栗色に染められた髪が、肩先で跳ねあがった。ちょっとの我慢で、未来を手に入れよう。輝く未来を……。

「心配しなくていい。僕も一緒に恥をかく。ちょっとの我慢で、未来を手に入れよう。輝く未来を……」

光石の手が、赤いチェックのミニスカートをまくった。下は黒いタイツだったので、ショーツは見えなかったが、太腿《ふともも》からヒップに流れる女らしいカーブが露《あら》わになった。桃の果実のように丸々としたヒップは、希子のチャームポイントのひとつだった。水着を着けたグラビア写真では、後ろ向きになって強調しているカットも多い。その悩ましい尻丘を、売れっ子カメラマンの手が撫《な》でまわす。自分のものだと主張するように、したたかに指を食いこませる。

（なにやってるんだ、こいつは……）

加治は呆然《ぼうぜん》と立ちすくんでその様子を見ていた。瞬《まばた》きも呼吸も忘れていた。眼の前で起こっていることが、とても現実とは思えなかった。

「ねえ、やめて、光石さんっ……ちょ、ちょっと落ち着いてっ……」

希子は必死になだめようとしているが、光石の顔は興奮にたぎりきっていくばかりで、やがて鬼の形相になった。

「きゃあっ！」

希子が悲鳴をあげたのは、光石がソファに押し倒したからだった。その直前、ここで犯しなさいとばかりに、美智流が席を立ってソファを空けたのだ。

「大丈夫だよ……」

光石はふうふうと鼻息を荒げながら、希子のニットをまくりあげた。アンダーシャツごとずりあげて、雪より白い肌を露出させた。

「ふたりきりだと思えばいい。いつもふたりでしていることをするだけだ。希子ちゃん、セックス好きだろう？　セックスが好きな希子ちゃんのこと、僕はとても好きだよ。愛してるよ……」

「あああっ、ダメえええっ……」

希子の悲鳴とともに、淡いピンク色のブラジャーが露わになり、加治の眼を射った。

見慣れた光景のはずだった。

グラビアの撮影では、水着のかわりに下着を着けることなど、珍しいことでもなんでもない。いつも撮影に帯同している加治は、もっときわどいセクシーランジェリー姿を見たことだってあるし、アクシデントでブラジャーがはずれ、乳房を腕で隠しているシーンに出くわしたこともある。

しかし、光石の手によって剝きだしにされた淡いピンク色のブラジャーは、やけに生々しい色香を放ち、甘い匂いさえ漂ってきそうだった。野原に一輪咲いた花のように、可憐《かれん》だが儚《はかな》げだった。もちろん、撮影のために用意された下着ではなく、本物の下着だからだろう。

「好きだろ？　希子ちゃん、おっぱい揉《も》まれるの、好きだろ？」

光石の手が、ブラジャー越しに胸のふくらみを揉みしだく。量感あふれる希子の乳房は、レースの生地に包まれていても、形が変わるのがはっきりとわかる。

「ああっ、いやっ……いやあああっ……」

希子は真っ赤な顔で必死になって拒もうとしているが、男の力にかなうはずもない。ましてや、希子は女としても小柄なほうだから、なす術《すべ》もなく押さえこまれ、身動きを封じられてしまう。抵抗すればするほどスカートがまくれあがり、ますますみじめな姿になっていく。未来を嘱望されたアイドルタレントも、やがて体に力が入らなくなり、落花無残の体になっていく。

「……助けて」

希子が加治に涙眼を向け、震える声を絞った。

瞬間、加治の頭の中は真っ白になった。

抑えていた感情があふれだし、自分を制御できなくなった。自分たちの担いでいる御輿を穢《けが》そうとする人間を八つ裂きにしてやりたい衝動が、噴射するマグマのような勢いでこみあげてきて、気がつけば身を躍らせていた。

「やめろコラッ！」

光石の首根っこをつかんで希子から引き剝《は》がすと、床に転がしてみぞおちをしたたかに蹴《け》りあげた。寒さを凌《しの》ぐため、爪先《つまさき》の硬い登山ブーツを履いたままだった。光石は悲鳴すらあげられなかった。

加治は暴力沙汰《ざた》に慣れていた。ドスッ、ドスッ、と腹部を何度か蹴りあげると、光石が嘔《おう》吐《と》してしまいそうになったので、背後にまわって首を絞めた。

気道を塞いだわけではない。それをすれば窒息死してしまう。

本当なら絞め殺してやりたいところだったが、加治は武道の心得を活かして頸動脈《けいどうみゃく》を絞めあげた。光石が泡を吹いて失神するまで容赦なく絞めつづけた。

第二章　誤算

（まいったなあ……）

椎名希子は、「えっ、えっ」と嗚咽《おえつ》をもらして泣きながら、内心で困り果てていた。

いったいどうして、こんなことになってしまったのだろう？

希子は嘘をついていた。

光石と本気で結婚するつもりなど、本当はこれっぽっちもなかったのだ。

正式にプロポーズをされたのは、一週間前のことだった。

女に生まれてきたからにはプロポーズは嬉しいものだし、気取りたがり屋の光石は、外資系高層ホテルのスイートルームや、誕生年に瓶詰めされたヴィンテージワインや、エンゲージリングのデザインを用意して求婚してくれたから、それなりにはしゃいでしまったけれど、いま結婚してしまえば、タレント生命が絶たれてしまうことくらい、自分がいちばんよくわかっていた。

にもかかわらず、なぜ光石のプロポーズに乗ったふりをしたのかと言えば、ぶっちゃけ待遇改善のためである。

〈カメリア〉の所属タレントになったのはいまから五年前、十八歳のときのことだ。高校を卒業したものの、なにがやりたいのかわからないまま西麻布のカフェでウエイトレスとして働いているとき、美智流にスカウトされてグラビアの仕事をするようになった。

最初はパッとしなかった。オファーがくるのは二流、三流の雑誌ばかりで、しかも後ろのほうのページにしか載せてもらえない。グラビアアイドルといっても、吹けば飛ぶような存在だったが、三年前、加治がマネージャーになってから、劇的に仕事の質が向上した。

加治はタレントを「頑張らせる」ことがとにかく好きな男で、当時は週に二、三日しか仕事などなかったのに、毎日事務所に顔を出すように命じてきて、スポーツジムだの、歩き方教室だの、ヴォイストレーニングだのに通わされた。週に三本は映画を観るように言われ、感想まで提出しなければならなかった。暇さえあればドラマや映画のオーディションに連れていかれ、何度落ちてもしつこく受けさせられた。

毎日がびっくりするほど忙しくなり、どれも一つひとつは地道な下積み作業だったから楽しいことなどほとんどなかったけれど、加治があまりに熱心だったので、期待に応えずにはいられなかった。高校を卒業してから二年間、ずっと暇をもてあましていたから、単純に忙しくなったことが嬉しかったのかもしれない。

しかし、そうこうするうちに一年もしないで結果が出てきて、一流の雑誌で一流のカメラマンに撮影されたり、端役だったけれど映画やドラマの現場に呼ばれることが多くなってきた。

加治は喜んでくれたし、美智流は大事に扱ってくれるようになり、希子はますますやる気になった。ドラマや映画の撮影現場に行けば、いままでテレビでしか見たことがなかった有名女優を生で間近に見ることができた。みんなテレビで見るよりずっと綺麗で、溜息が出るほど気品があった。ああなりたいと思った。自分は目標さえあれば頑張れるタイプだと希子は思っていたから、いまがそのときだと思って、どんなに忙しくても歯を食いしばって頑張りつづけた。

だが……。

どんなことにも限界というものがある。

最近はあまりにも忙しすぎた。

加治は小さな仕事でも隙あらばとってくるタイプのマネージャーなので、毎日四つも五つも現場を移動することが当たり前になり、せっかくドラマや映画でいい役についても、じっくり役づくりをさせてもらえない。たとえば、いじめられっ子の女子高生の役を演じている合間に、ラジオ番組でお馬鹿タレントのようなリアクションを求められ、雑誌の取材でご当地スイーツを食べくらべ、ショッピングモールのカラオケ大会で持ち歌もないのに歌ったりするのだ。頭が混乱してしまう。

おまけに給料がとても安い。

月に一度でも休みがあればいいような状況にもかかわらず、手取りで十三万円というのはいかがなものか。時給に換算したら、コンビニのバイトを軽く下まわる。誰に相談しても、売れるまでの辛抱だと言われる。人気がブレイクすれば劇的にお金が入ってくるようになるのが、芸能界というものらしい。

だが、それにしても限度を超えているのではないだろうか。どうせ忙しくてお金を使う暇などないので、たとえ手取りが三十万円になったところで、生活に変化はないだろう。気持ちの問題なのだ。手取り十三万円では、給料日が来るたびにテンションがさがってやる気がなくなっていく。

(わたしってもしかして、社長の金づる?)

基本的に尊敬している美智流のことも、いつしかそんな眼で見るようになっていた。よくない兆候だった。

社長は悪い人ではない。それはわかってる。加治のような熱血マネージャーを付けてくれたことは期待の証しに違いないし、他の事務所の悪徳社長のように、裸の仕事をそそのかしてくるようなことは絶対にしない。だからもう少しの辛抱なのだと一所懸命自分に言い聞かせてきたが、そろそろ心が折れそうだった。

思いあまった希子は、悪戯心も半分あって、光石のプロポーズに乗ったふりをしてみることにした。

美智流にスカウトされてウエイトレスをやめるとき、カフェの店長にそのことを告げると「時給をあげるからやめないでくれ」と言われたから、美智流も同じように言ってくれるだろうと思ったのだ。あるいは、泣いて引き留められたりしたら、少しは溜飲《りゅういん》がさがって、給料は据え置きでもかまわなかったかもしれない。とにかく、身も心もくたくたになるまで働いていることをわかってほしかったのである。

ただそれだけのことだったのに……。

眼の前ではいま、泡を吹いて失神した光石を加治が縛りあげていた。カーテンを裂いて紐状にし、手も足も拘束して、眼を覚ましても身動きできない芋虫のような状態にしようとしている。

やりすぎだった。

そこまでする必要があるのかと思った。

もちろん、元をただせば悪いのは光石だ。遭難した雪山で疲労も空腹もピークに達し、いつ助けが来るのかわからない不安に怯《おび》えているこんなときに、結婚話などもちだすなんてあり得ない。

おかげで美智流がキレてしまった。

そのうえ、美智流の口車に乗って光石が希子に乱暴を働こうとしたから、加治までキレた。普段はわざとらしいほど紳士的な男が、全身からまがまがしい暴力の匂いを放って、光石が泡を吹いて失神するまで首を絞めつづけた。

怖かった。

こんな世の中から隔絶した状況で、大人ふたりがキレまくっているのだから、怖くないはずがない。おまけにふたりとも、希子を裏切り者だと思っている。あまりの怖さに、泣くのをやめることができない。

「希子……」

加治は光石を縛りあげると、鋭い眼光で希子を睨んできた。こんなに怒った彼の顔を見たのは初めてだった。瞳が鉛色をしていた。人を殺したことがあると瞳が鉛色になるという話を聞いたことがあるが、光石の腹を蹴っていたときの加治からは偽物ではない殺意が伝わってきた。

「私は……おまえがこれほど恩知らずなやつだったとは思わなかったぞ……」

加治はいつもより一オクターブも低い声で言った。

「おまえがセックスが好きなのは知ってるよ。それは、若いんだからしかたがない。他のことは我慢させてるんだから、セックスくらいは好きにさせてやろうと思ってた。だから、滝本宏とホテルで会ったときも、東川由起夫のマンションに行ったときも、私は密会の手助けをしてやっただろう？」

希子は焦った。美智流を見ると、あんぐりと口を開いていたので、すぐに眼をそらした。滝本宏はヒップホップユニットのＤＪで、東川由起夫は若手の人気俳優だ。希子はどちらとも寝ていた。元々ファンだったので、遊ばれるのを承知でベッドに誘われるとのこのことついていった。

一般人だったときには考えられないことだったので、芸能界に毒されてお尻が軽くなってしまったのだろうかと怖くなったけれど、仕事の忙しさにストレスが溜《た》まる一方だったので、それくらいは許してほしいと神様に許しを乞うた。

しかし、それを美智流の前で口にするのはルール違反だ。

「社長には黙っててください」

密会を手伝ってもらうときに両手を合わせて頼むと、

「仕事を頑張るなら大目に見ることにするか」

と加治は約束してくれたのだ。美智流は所属タレントが他の芸能人のお手つきになるのを異常に嫌っているが、加治はそういうことも経験のうちと考えているようだった。物わかりのいいマネージャーについてもらってラッキーだと思っていたのに、こんな形で裏切るなんてあんまりではないか。

「あなたって、そんなにオシモのゆるい子だったの？」

案の定、美智流は顔を紅潮させ、眼を吊りあげて希子のことを睨んできた。

「しかも、ふたりとも有名なヤリチンじゃない。急に結婚したいなんて言いだすわ、裏では誰にでも股開いてるやりまんだわ……ああっ、もう！　本当に情けなくなってくる」

「ち、違います……」

希子は唇を震わせた。わたしは決してやりまんなんかではない、と言いたかった。遊びのつもりで抱かれたのは、滝本や東川くらいのものだ。たしかに褒められた話ではないにしろ、それくらいで誰にでも股を開いているとまで言われたくない。一般人だって、恋人以外の男と寝てしまった経験が一度や二度はあるはずである。

「社長」

加治が美智流に言った。

「希子のことは、私に任せてもらえませんか。せっかくここまで育ててきたのに、カメラマン風情にくれてやることはないですよ。光石が寝技を使って希子を籠絡《ろうらく》したなら、こっちも甘い顔を見せてはダメです。セックスが好きな女には、それ相当の管理の仕方があるんじゃないでしょうか」

美智流が加治を見る。視線と視線がぶつかりあったが、反発はしなかった。逆に、ゆっくりとからまりあっていく。

（う、嘘でしょ？）

希子は背筋に戦慄《せんりつ》の震えが這いあがっていくのを感じた。

ふたりは視線で会話していた。わがままを言いだした所属タレントを、どうやって折檻《せっかん》すればいいか相談していた。加治は間違いなく、非情な手段に出てしまってもいいのではないかと訴えている。非情な手段とは、イロカンだ。

希子は知っていた。

加治は〈カメリア〉で働く前、銀座の高級クラブでボディガードをしていたのだ。

暴力沙汰には滅法強いという評判で、実際、希子がストーカーじみたファンに追いかけまわされたときも、地方の居酒屋で暴力団関係者にからまれたときも、顔色を変えず事態を収めた。そのとき暴力は使わなかったが、先ほどは使った。光石のことを躊躇《ためら》うことなく失神させるのを見て、評判が嘘ではなかったと確信した。

加治がその銀座時代、裏の仕事として行っていたのがイロカンだ、という話を耳にしたことがある。お水の世界や芸能界でイロカンと言えば、「色で管理」することである。加治は店のホステスを、セックスで手なずけていたらしい。月に五百万、六百万と稼ぐ女を、何人もだ。

女は惚れた男に弱いものである。惚れた男のためならば真面目に働きもするし、売り上げのために客と寝ることも躊躇わなくなる。芸能界でもよくある話だ。事務所の社長やマネージャーが、寝技でタレントを管理していることなど珍しくない。

いままで加治が、希子にそういう手を使ってきたことはなかった。素振りさえ見せたことがない。むしろ、ロボットめいて見えるくらい紳士的に接してきた。仕事に対して、どこまでも誠実な男だった。どんなに忙しくても、そのわりには給料が安すぎても、「おまえは絶対スターになれる」という加治の励ましがあったからこそ、希子はいままで頑張ってこられたのである。

「……わかった」

長い沈黙のすえ、美智流がうなずいた。

「あなたに任せます。オシモのゆるいお馬鹿さんを、きっちり躾《しつ》けてあげて」

加治はうなずき、美智流とともに、希子に視線を向けてきた。

希子は涙に濡れた顔をひきつらせて、息を呑んだ。

謝るならいましかなかった。本当は光石と結婚するつもりなどこれっぽっちもなく、悪戯心半分の待遇改善のためにひと芝居打っただけだと説明し、土下座でもなんでもして泣いて謝れば、許してもらえるかもしれなかった。

しかし、恐怖のあまり声を出すことができない。光石を芋虫のように縛りあげた加治の体からは、暴力の匂いが漂ってくる。あまりの怖さに、指一本も自分の意思では動かせず、金縛りに遭ったように全身が硬直している。

「……ひっ！」

加治に腕を取られ、ソファから立ちあがらされた。

鉛色の瞳に顔をのぞきこまれると、両膝がガクガクと震えだした。

「抱いてやるから服を脱げ」

加治は静かに言った。

「結婚なんてする必要はない。好きなだけ満足させてやる。もし……万が一満足させられなかったら、結婚でもなんでもすればいいが……」

そんなことはまずあり得ない、という自信がひしひしと伝わってきて、希子の両膝はますます激しく震えた。

加治はまるで、果たし合いに挑む武士のような、蒼白《そうはく》に冴《さ》えた顔をしていた。男が女を求めるときの、興奮や欲情などまるで見当たらなかった。

「早く脱げよ」

そう言われても、希子はやはり、声も出せず、身動きもできなかった。金縛りの原因は、間違いなく先ほど彼が光石に対して行使した非情な暴力だった。

先の硬い登山ブーツで、床に横たわった光石の腹を容赦なく蹴りあげていた。殺意があるとしか思えない渾身《こんしん》の力で光石の首を絞めあげ、泡を吹いて失神するまでただの一度も力を緩めようとしなかった。あのときの残像が、まだ脳裏に生々しく残っている。謝ることさえできないほどに、全身が恐怖で固まってしまう。

動けない希子をよそに、加治は自分の服を脱ぎはじめた。希子はびっくりした。美智流が見ているというのに、まったく躊躇《ちゅうちょ》を見せなかった。セーターとTシャツを頭から抜き、ズボンとブリーフをおろして、あっという間に全裸になった。

勃起していた。

蒼白に冴えた顔とは裏腹に、ペニスは赤黒く充血し、鬼の形相でそそり勃《た》っていた。長さも太さも眼を見張るほどだったが、なにより反り返った形状がいやらしかった。張りだしたエラが凶暴そうで、見るからに硬さが伝わってきた。熱い脈動まで伝わってきそうだった。

「服を脱げと言ってるんだ」

加治が迫ってくる。加治は背が高い。身長百八十センチはゆうにあり、百五十二センチの希子を頭の上から見下ろしてくる。おまけに着衣からは想像もできなかったほど筋肉質だった。お尻から太腿への流曲線がサラブレッドのようだし、胸板が分厚く、腕が丸太ん棒のように太い。その腕に腰を抱かれ、息のかかる距離まで顔を近づけられた。

「いやっ！」

希子は反射的に顔をそむけ、身をよじった。しかしそれ以上は、恐怖に身がすくんでなにもできない。

「乱暴にされたくないなら、黙って言うことをきくんだ」

加治はニットをまくりあげ、アンダーシャツごと頭から抜いた。ほとんどなすがままに、ブラジャーも奪われてしまう。

「あああっ！」

剝きだしになった乳房が揺れはずみ、希子はあえいだ。すぐ側《そば》で見ている美智流と眼が合ったが、助けてくれる気配はなかった。表情を失った節穴のような眼で、ただじっと成りゆきを見守っている。

希子は立ったままミニスカートやタイツまで脱がされ、ピンク色のショーツ一枚にされた。みじめだった。自分はこれからレイプされるのだという実感が息をとめ、体中を小刻みに震わせた。

「やるなら徹底的にやりなさい」

美智流がなにかを加治に渡した。光石を縛りあげるのに使っていた、カーテンを裂いて紐状にしたものだった。

「そのつもりです」

加治はうなずき、カーテンの切れっ端で希子の両手を縛った。頭の後ろで両手を交錯させられ、左右の腋《わき》の下をさらしたまま、手をおろせないようにされてしまう。その状態でソファに押し倒された。

「ゆ、許して……」

希子は眼尻を垂らした泣きそうな顔で許しを乞うたが、決して許されないであろうことは加治の顔色を見ていれば察しがついた。こういうタイプは、怒らせてはいけなかったのだ。自分は少し調子に乗りすぎていたのかもしれない。

加治は容赦なくスケジュールを埋めては希子を馬車馬のように働かせたが、そのぶん気も遣ってくれていた。希子が好きな飲み物やお菓子をいつも用意してくれていたし、移動のときは上座で毛布にくるんでくれた。細かい買い物は毎日のように頼んでいたし、おっちょこちょいの希子が忘れ物をすれば、取りにいってくれるのはいつだって彼だった。そういうことを、嫌な顔ひとつせずにしてくれた。だから希子も、滝本や東川に誘われたとき、加治にだけは相談したのだ。

その加治が、冷酷な眼つきで顔を近づけてくる。恩を仇《あだ》で返されたと思っているのだから、怒っているのは当然だし、光石に暴力まで振るってしまった以上、もう後戻りはできないとも思っているはずだった。泣いて許しを乞うたところで、いまさら許してくれるわけがなかった。銀座のホステスを手なずけていた手練手管で、自分もまた、イロカンされるしかない運命らしい。

「うんんっ！」

唇を奪われ、息がとまるほど深いキスをされた。比喩《ひゆ》ではない。いきなり口を開かされ、舌を吸われた。いや、口ごと吸いあげるようなやり方で呼吸を塞がれ、希子の顔はみるみるうちに燃えるように熱くなっていった。

「滝本にはどうやって抱かれた？」

唐突にキスを中断すると、ハアハアと息を荒げている希子に、加治は言った。

「ど、どうって……言われても……」

「あいつは騎乗位しかしない男なんだろう？　フェラさせて、女に腰を振らせる、横着なセックスしかしないって話を聞いたことがある」

たしかにその通りだった。希子が視線を泳がせると、

「うんんっ！」

再び深いキスが襲いかかってきた。息苦しさに顔から火が出そうになるまで、舌を吸われ、口内を執拗《しつよう》に舐《な》めまわされた。

「東川はどうだ？」

加治は嬲《なぶ》るように言った。

「普段は格好つけてるくせに、あいつはコスプレ好きのオタク野郎らしいじゃないか。さしずめメイドの服やセーラー服を着せられて、やられたんじゃないか？」

希子は絶句した。どうしてそんなことまで知っているのだろう。たしかに東川の家のクローゼットの中を見せられたときは、唖然《あぜん》とさせられた。コスプレなしでは燃えないのだと頭をさげられ、メイド服やセーラー服どころか、全身タイツのようなＳＦアニメのコスチュームを着せられた。

「ずいぶんお子ちゃまじみたセックスで満足してたんだな？」

加治が乳房をすくいあげ、やわやわと揉んできた。ほんの軽いタッチだったが、希子はビクンとしてしまった。マネージャーにいよいよ乳房を触られた衝撃が半分、やわやわと揉まれただけで性技の練達さが伝わってきたことが半分……。

「光石はどうだった？」

指を乳肉に沈めこみながら、加治がささやく。

「結婚を決意したくらいだから、ちょっとは感じさせてもらったか？」

「ううう っ……」

希子は唇を嚙んで顔をそむけた。乳房を揉みしだく指使いがいやらしすぎて、体の芯《しん》が疼《うず》きだしてしまう。まだ乳首すら触られてない。ふくらみの下半分を揉まれているだけなのに、怖いくらいに感じてしまう。うますぎる。

（光石のセックスなんて……）

希子は胸底で吐き捨てた。滝本や東川がずっとマシに思えるほど、光石のベッドマナーはお粗末なものだった。最初の一、二回こそ普通に抱いてきたけれど、三回目からはベッドにカメラを持ちこむようになった。腰を使いながらも必死になってシャッターを押し、セックスそのものより撮影にばかり熱中していた。

「だいたい察しはつくが……」

加治は乾いた笑みをもらしつつ、手指の動きだけを熱っぽくした。結局乳首に触れないまま乳房を離れ、脇腹から腰、ヒップへと手のひらをすべらせていった。やはりうまかった。表情とは裏腹に、慈しむ感情に包みこまれていくようだった。と同時に、ひどくいやらしい。慈しんでいるのが、希子という個人ではなく、女体そのものなのかもしれない。怒りのあまり鉄仮面のようになった顔が側にあるのに、手のひらからは情熱ばかりが伝わってくる。いま体を触っている男がたしかに自分に欲情していると生々しく実感させられ、それは希子の心ではなく、獣の牝《メス》としての本能を揺さぶってきた。

「ああっ……くっ……」

敏感な内腿を撫でさすられると、声が出てしまいそうになり、あわてて歯を食いしばった。美智流が見ていた。加治にも美智流にも、オシモのゆるい淫乱だと思われたくなかった。こんな状況でちょっと体を触られて、あんあん悶《もだ》えてしまったら、やりまんの烙印《らくいん》を押されるどころか、自分のプライドまで粉々になりそうだった。

加治は押し黙ったまま、希子の体を撫でまわしつづけた。決して焦ることなく、お尻や太腿の丸みを手のひらで吸いとるように触りつづけ、時にやわやわと揉んできた。愛撫《あいぶ》されているというより、まるで手のひらで体を磨かれているようだった。

(暑い……)

希子は視線を暖炉に向けた。薪がバチバチと音をたてて燃えあがり、部屋を異常に暑くしている。エアコンのように細かい温度調整が効くものではないだろうが、それにしても暑すぎて、裸でいるのに全身が汗ばんでくる。

だが、やがて暑いのは暖炉のせいではないことが判明した。

内側から燃えているのだ。

加治はまだ肝心なところに触れていないし、脚すらひろげてこようとしない。ごくソフトなタッチでお尻や太腿を撫でまわしては、時折、息のとまるような口づけで舌を吸ってくるだけだった。

にもかかわず、燃えている。体の芯がひどく熱くて、痺《しび》れている。

「うんんっ……ぅんあぁっ……」

深いキスを与えられるたびに、瞳が潤んでいくのがはっきりとわかった。欲情の涙だった。

そして、潤んでいるのは瞳だけではなかった。

「いま初めて言うが……」

こちらを見つめる鉛色の瞳も潤んでいた。潤みながらたぎっていた。

「私は〈カメリア〉に拾われる前から、椎名希子のファンだったんだ。若いファンみたいに、写真集やＤＶＤを買ったことはなかったが、雑誌の表紙に名前が載ってればかならず買った。

一年前の古雑誌でも、椎名希子のグラビアが載っているやつは、どうしても捨てられなかった……」

「くっ！　ううう っ……」

希子は加治の告白に眼を見開きつつも、必死になって歯を食いしばっていた。加治の手指がとうとう、乳首に迫ってきたからだった。

ふたつの胸のふくらみを揉んでいる、ぐいぐいと熱のこもった指使いからして、いままでより愛撫のギアが一段あがったことが察せられた。ふくらみがひしゃげるほどに揉みしだきながら、指先が乳首に這ってくる。まだ触れられてもいないのに、乳首が物欲しげに尖りきっているのが恥ずかしい。泣きたくなるほど、ふたつの突起が熱くなっている。

「まさかあの椎名希子と……」

加治の甘い言葉も、まるで耳に入ってこない。指先が乳輪にそっと触れたからだ。白い素肌とピンクの境界を、くるくると指が這いまわり、それだけで希子は泣きだしてしまいそうになった。体が浮遊するようなおかしな感覚と、怖いくらいの震えが同時に起こった。

「こんなことができるなんて、夢にも思っていなかった……」

加治はうっとりと眼を細めて、舌を差しだした。乳輪の縁に触れていないほうの乳首を、ねろりと舐めあげた。

「あああーっ！」

希子は叫び声をあげてしまった。大げさではなく、乳首に感電したようなショックが訪れ、次の瞬間、いても立ってもいられなくなった。生温かい舌の刺激がもう一度欲しくて、身をくねらせながら泣き叫んだ。燃えるように熱くなった双頬を、発情の涙で盛大に濡らした。

部屋の景色は変わらなかった。

光石はまだ気絶したまま眼を閉じているし、暖炉の中で薪はバチバチと音をたてて燃えつづけている。先ほどまで側に立っていた美智流が、少し離れた椅子に腰をおろしたことくらいしか、眼につく変化はない。

ただ、希子だけが三十分前とは別人になっていた。

全身汗だくだった。

首筋には絶え間なく汗の筋が流れ、ふたつの胸のふくらみはローションでコーティングされたようにヌラヌラと濡れ光り、無防備にさらけだされた腋の窪《くぼ》みは水たまりのように汗が溜まっている。

加治はそこに、舌を這わせてきた。両手を頭の後ろで縛られているので、希子は腋の下を守ることができない。胸のふくらみを揉まれたり、乳首をねちっこくいじられながら、ねろり、ねろり、と腋の窪みを舐められると、激しく身をよじらずにはいられなかった。

「ああっ、やめてえぇっ……もうやめてええぇっ……」

くすぐったさも限度を超えると、全身を熱く燃えあがらせる。腋の汗を舐められるほどに、新たに大量の汗が噴きだしていく。体中がヌルヌルになっていき、振り乱した髪が額や頬にくっついてくる。

とはいえ、乱れているのとは微妙に違った。

加治がまだ、肝心な部分に触れていなかったからだ。ショーツすら脱がされていない。汗にまみれた乳房を執拗に揉みしだき、プルプルと揺らす。痛いくらいに尖っている乳首をくりくりと指で転がし、やわやわと吸いたてては、執拗に腋の下に舌を這わせてくる。

もどかしかった。

焦《じ》らされている、と気づいたときにはもう遅かった。希子は恍惚《こうこつ》を求めて悶えつづける、生殺し地獄の渦中に堕《お》とされていた。

それだけではとても絶頂に達することができない、焦らすことを目的とした乳房や腋への愛撫に汗みどろになりながら、いっそ勃起しきったペニスで貫かれ、あんあん声をあげさせられれば、どれだけ楽だろうと思った。加治のペニスは長くて太い。いまもヒップにあたって硬くみなぎった存在感を伝えてくる。ずぶりと貫かれれば、恥と引き替えにあっという間に我を忘れられるに違いない。

(やだ……)

加治のペニスのことを考えると、まだショーツに包まれている部分が怖いくらいに熱くなり、蜜壺のいちばん深いところで発情のエキスがじゅんとはじけた。ショーツを穿《は》いているのに、内腿まで熱気がむんむん伝わってくる。

やがて希子は、勃起したペニスのことしか考えられなくなった。砂漠で遭難した人が水を求めるように、ペニスを渇望した。一刻も早く欲しくて欲しくて、はしたないほどに太腿をこすりあわせてしまう。

それでも加治は、乳房と腋の下ばかり責めてきた。時折深い口づけで呼吸をとめては、真っ赤になって泣きそうになっている顔を、まぶしげに眼を細めて見つめてくる。その眼に女を求める飢餓感や焦燥感は、微塵《みじん》も感じられない。

「ねえ、加治さん……」

希子は涎《よだれ》にまみれた唇から、震える声を絞りだした。もう我慢できなかった。加治がいつまでも焦らしつづけるつもりなら、こちらからきっかけを与えるしかない。

「さっき……さっきね、加治さん、わたしのマネージャーになる前から、わたしのファンだったって言ってくれたよね？」

「……ああ」

加治はうなずきつつも、愛撫の手をとめなかった。手のひらが乳房から下半身にすべってくる。お尻や太腿に触られると、肝心な部分を刺激されることはないとわかっていても、期待してしまう。蜜壺の奥が熱く疼く。太腿をこすりあわせると、ぬちゃっ、くちゃっ、と蜜壺が音までたてた。

「わたしも……わたしもね、本当は加治さんのことが好きだったんだよ……加治さんが振り向いてくれないから、光石さんを当て馬にしようと思っただけなんだから……本当はわたし、光石さんと結婚するつもりなんてちっとも……」

「嘘をつくな」

「はっ、はぁあああああーっ!」

ショーツをギュウッと股間に食いこまされ、希子はのけぞった。体の芯に電流が走り抜けていき、釣りあげられたばかりの魚のように、ビクンッ、ビクンッ、と全身を跳ねさせてしまう。

「嘘じゃないっ! 嘘じゃないですっ……」

髪を振り乱し、ちぎれんばかりに首を振った。

「お願いします……わたしを加治さんの女にして……いままで通り一所懸命お仕事頑張るか

ら、ずっとわたしのマネージャーでいて……結婚なんかやめるし、滝本や東川とも二度と会いません……頑張ったご褒美に、加治さんが……加治さんが抱いてくれるなら……」

「ふっ、その程度の演技力じゃ女優は無理かもしれないな」

加治はつまらなそうに吐き捨てた。

「おまえはいま、ここが疼いてしようがないから、そんな嘘をついてるだけだ」

再びギュウッとショーツを引っぱりあげられ、

「はあああーっ！」

希子はしたたかに身をよじった。あまりに激しくよじりすぎて、揺れはずんだ乳房の先端から汗の粒が飛んでいく。

「眼の前の快楽を辛抱できずに、嘘をつく……おまえって、本当はそんな女だったのか？俺が憧れた椎名希子は」

「違う！　違うでしょ！」

希子はハアハアと息をはずませながら、懸命に言葉を継いだ。

「わたし、いままで一所懸命お仕事してたじゃないですか！　加治さん、知ってるでしょ！　そりゃあ、ちょっとは羽目をはずしたこともあるし、気の迷いで光石のプロポーズに乗りかかっちゃったけど、わたし、やりまんなんかじゃありません。けっこう真面目に、夢に向かって頑張ってたでしょ？」

言いつつも、体の震えがとまらなかった。欲情の震えだった。いつまた加治が股間にショーツを食いこませてくるのか、身構えつつも待っている。媚《こ》びるように濡れた眼を向け、両脚をX字にして太腿をこすりあわせる。

「なら、どうしてそんなつまらない嘘をつく？」

加治の右手が、太腿の間に割って入ってきた。ギュッと挟んでしまったのは、甘える仕草だった。だから、両膝を割られ、脚をひろげられても抵抗しなかった。美智流が見ていることを思えば恥ずかしすぎるM字開脚を、やすやすと披露させられてしまう。

（や、やだ……）

股間に食いこんだピンク色のショーツは、濡れすぎて色が変わっていた。シミが浮かんでいる、という可愛いレベルではない。股間にあたっている部分がほとんど全面的にドス黒く変色し、ぐっしょりと蜜を含んだ薄布が、女の割れ目に張りついてその形状すら生々しく浮かべていた。

「ここをいじってほしいだけなんだろ？」

加治の指が、濡れた股布に襲いかかってきた。割れ目を下から上になぞるように、指先ですうっと撫でられた。

「くうっ！　ああぁっ……」

ほんの微量な刺激にもかかわらず、希子の背筋にはぞくぞくと震えが這いあがっていった。恥ずかしいほど太腿が波打った。肉感的なスタイルをした希子であるが、体の中でいちばん肉づきがいいのが太腿だった。裏側をすべて見せた格好では、逞《たくま》しいほど量感豊かに見える。脚を閉じずに、ぶるぶるっ、ぶるぶるっ、と太腿を波打たせていると、まるで自分からもっといじってとねだっているようである。

すうっ、すうっ、と加治の指が割れ目の上を這う。濡れた薄布越しだから、刺激はもどかしいばかりで、希子の首に筋を浮かべさせ、苦悶《くもん》の汗を絞りとる。

しかも、意地悪なことに、加治は五回に一回くらい、指腹ではなく爪を縦に使って割れ目をなぞってきた。硬い爪の刺激がクリトリスの上を通過すると、ビクンッと腰が跳ねあがった。もっとその部分に刺激が欲しかった。できることならショーツ越しではなく、直接いじりまわしてほしい。刺激が欲しくて欲しくて、泣きだしてしまいそうだ。

「むんむんしてきたぞ」

加治の指先に熱がこもった。割れ目をなぞりあげるだけではなく、ヴィーナスの丘の麓《ふもと》をねちっこくいじりたててきた。またもう一段、ギアがあがったのだ。

「すごい熱気だ。こりゃあ、奥は相当ぐしょぐしょだな」

「いっ……いやっ……」

希子は全身をこわばらせた。ショーツ越しにもかかわらず、加治の指は的確に女の急所を捉え、イカせてやるという意思がありありと伝わってきた。ねちり、ねちり、といじられると、クリトリスは手に負えないくらい熱くなって、股布で女の割れ目を塞がれていることが、息苦しくてたまらなくなった。

「あああっ……はぁあああっ……」

気がつけば、声をこらえることも忘れ、あえぎながら腰をくねらせていた。加治の指の動きを余すことなく味わうように、股間をみずから上下させ、気持ちのいいところにあてていく。ショーツの上から、包皮に包まれた状態で刺激されているにもかかわらず、痺れるような快美感が子宮までビンビン響いてくる。

(どうして……どうしてこんなにうまいの？)

加治の指使いは、いままで希子の体を愛撫した男たちのそれとは、根本的に違った。同じ刃物を使うのでも、鉛筆を削る小学生と、メスを操る外科医くらい違う。ショーツを穿いているにもかかわらず、ペロリ、ペロリ、となにかが剝かれていく感覚がある。性感が、官能が、剝きだしにされていく。

「イキそうか？」

加治が耳元でささやいてきた。希子はあえぐばかりで言葉を返せなかったが、たしかにそうだった。言葉を返せなかったのは、あえいでいたせいだけではない。自分の指であろうが男の指であろうが、いままでショーツの上からの刺激でイッてしまったことなどない。だから、その感覚が本当に絶頂に至る前兆なのかどうか、よくわからなかったのだ。切羽つまったこの気持ちの正体を、つかみきれない。

「あああっ……イッ、イクッ……イッちゃうっ……」

それでも、言葉が口から飛びだしていく。意思の制御を離れ、燃えるように熱くなったクリトリスが、言葉を操る。

「いっ、いやっ……いやいやいやっ……イッちゃうっ……希子っ……希子、イッちゃいますうううーっ！」

だが、喉《のど》を突きだし、恥をかく覚悟を決めた瞬間、加治の指は離れた。まるで天国に続く階段を駆けあがっていく途中で、階段そのものが煙のように消えてしまったようだった。

「いっ、いやあああああーっ！」

悲鳴をあげ、加治を見た。きっと、眼尻も眉尻も限界までさがった、あさましい顔をしていたことだろう。

「ど、どうしてっ……どうしてええええっ……」

加治はなにも答えてくれなかった。軽蔑なのか憐《あわ》れみなのか、鉛色の瞳に深い哀しみの感情をたたえ、再び股布に指を伸ばしてきた。アヌスの方から割れ目に向かって、すうっ、すうっ、となぞりあげられた。

「あああっ……くぅううううっ……」

指が這いあがってくるたびに、希子は息を呑んで身構えた。しかし、クリトリスにはもう、触ってもらえなかった。もどかしさばかりが体の内側に澱《おり》のように溜まっていき、いても立ってもいられなくなってくる。M字開脚のまま、ピクピクッ、ピクピクッ、とお尻や太腿の肉だけがいやらしく痙攣《けいれん》している。

「ねえっ……ねえ、加治さんっ……」

希子は両足の指をきつく丸めこみながら、上ずった声を出した。まばたきをすると、発情の熱い涙が頬を濡らした。

「もうっ……もうダメッ……降参しますっ……」

小刻みに首を振りながら、すがるように加治を見た。

「社長と加治さんを裏切ろうとして、本当にすみませんでしたっ……反省しますからっ……これからは、これからはなんでも社長と加治さんの言う通りにしますからっ……だからっ……だからっ……」

「だからなんだ？」

まじまじと顔をのぞきこまれ、

「ううう……」

希子はさすがに恥ずかしくなって顔をそむけた。

「パ、パンツを脱がしてっ……苦しいのっ……濡らしすぎて苦しいのっ……」

一刻も早く、硬くみなぎったペニスで突きまくられたい、その一心だった。

「抱いてっ……抱いてくださいっ……お願いっ……」

「どうします？」

加治は美智流に顔を向けた。

「やりまん治療なら、もう少し汗をかかせて、泣かせてやったほうがいいと思いますがね。辛抱を覚えさせるためにも」

「そうねえ……」

美智流が椅子から腰をあげ、近づいてきた。両手を頭の後ろで拘束され、M字開脚で欲情にむせび泣いている所属タレントを見て、酸っぱい顔をつくった。

「本当に反省してるなら、そろそろ許してあげてもいいけどねえ。どうしようかしら」

「ゆ、許してくださいっ！」

希子は泣き顔を美智流に向け、「ひっ、ひっ」と嗚咽をもらした。欲情のあまり嗚咽をもらしたことなど、生まれて初めてだった。

「わたしもう、これ以上っ……これ以上っ……我慢っ……できないっ……」

「そんなにセックスがしたいの？」

コクコクと顎《あご》を引く。

「したいっ……セックスがっ……セックスがしたいんですっ……」

「わたしはね、希子。あなたのことを家族同然に思ってた。だから、そういう生ぐさい欲望だって、正直に打ち明けてくれたらなんとかしてあげたと思う。でも、結婚はダメ。いまこのタイミングで結婚したって、なにもいいことないもの」

「わかってます、結婚なんて言いだして、本当にごめんなさいっ！」

「二度とわたしたちを裏切らないって約束できる？」

「しますっ！　約束しますっ！」

「……そう」

美智流はうなずいて、希子の両手の拘束をといてくれた。両手が自由になっただけなのに、翼が生えたような気持ちになった。

「なら、抱かれなさい。加治に思う存分気持ちよくしてもらえばいい」

「あ、ありがとうございますっ！」

希子は加治にむしゃぶりついていこうとしたが、

「待ちなさい」

美智流に肩を押さえられた。

「何事にもケジメっていうのが大切なのよ。加治に気持ちよくしてもらう前に、あなたの決意が偽物でないことを証明してもらわなくちゃ」

「しょ、証明って……」

希子は顔をくしゃくしゃにして美智流を見た。自由になった手が股間に伸びていきそうで、こらえるのが大変だった。いっそ自分の指で女の割れ目を掻き毟《むし》りたいくらい、欲情の崖っぷちに追いつめられていた。

「難しいことじゃないわよ」

美智流はふっと笑って床に転がっている光石に近づいていくと、いままで希子の両手を拘束していたカーテンの切れっ端で光石に猿ぐつわをした。声を出せないようにしてから、ピシピシと頬を叩いて眼を覚まさせようとする。

（や、やめてっ……）

希子は顔から血の気が引いていくのを感じた。美智流の目論見《もくろみ》はあきらかだった。光石の見ている前で、加治に抱かれろということなのだ。それが裏切りの代償であり、彼のプロポーズを反故《ほご》にするケジメになると言いたいらしい。

血も涙もないやり方だと、希子は自分でも驚くくらい動揺してしまった。ピシ、ピシ、と美智流が光石の頬を叩くたび、その音が鋭利な刃物のように胸に刺さり、生きた心地がしなくなっていく。

たしかに、本気で光石と結婚しようと思っていたわけではない。希子にとってベストの展開は、美智流と加治が結婚を思いとどまるよう説得してくれ、待遇改善を約束してくれたうえで、光石との交際を認めてくれるというものだった。

セックスはイマイチな光石だったが、希子はただ彼を利用しようとしたわけではない。一生彼に添い遂げられるのかと訊ねられれば、答えに窮してしまうが、それでは愛していないのかと訊ねられても、簡単にうなずくことはできない。

少なくとも、彼と付き合っていた二カ月の間、希子はとても充実した時間を過ごしていた。普通の恋人同士と同じように、いや、もしかしたらそれよりずっと熱い関係を、二カ月にわたって育んできたのである。

売れっ子のカメラマンがたいていそうであるように、光石は異常なほど褒め上手だった。会っている間中、恥ずかしがらずに愛の言葉をささやいてくれ、一緒にいればいるほど女としての自信がもてた。

仕事柄、ファッションやメイクにめっぽう詳しく、業界の一流どころと太いパイプがあって、希子を美しく磨きあげてくれようとしていた。

彼の紹介で普通では予約のとれない超人気エステサロンに行かせてもらったし、支払いももちろん彼だった。外国人セレブの集うホームパーティで、様々な刺激を受けた。彼のコネを使ってディスカウントしてもらった洋服やアクセサリーやコスメは、たったの二カ月しか付き合っていないのに数えきれないほどだ。

光石は心から希子を愛し、希子に尽くそうとしていたのである。

そんな男をこれからしたたかに裏切ろうとしているのだから、動揺するのも当たり前だった。生きた心地がしなくて、当然だった。

「そろそろ眼を覚ましそうよ」

光石の頬を叩いていた美智流が、希子に眼を向けてきた。

「しっかりケジメをつけなさい。どうすればつけられるか、わかるわよね」

「むぐっ……ぐぐっ……」

光石がうめきながら、ゆっくりと瞼《まぶた》をもちあげる。一、二秒、視線が泳ぎ、すぐに眼はカッと見開かれた。

自分と結婚するはずの女が、ショーツ一枚のあられもない姿で発情の汗にまみれているのを発見したのだ。

彼の受けた衝撃は、想像するのも怖いほどだった。

希子は顔をそむけた。

いまの希子にできることは、もはやそれくらいしか残されていなかった。

光石には申し訳ないけれど、希子はいま、欲情だけに身も心も支配されていた。びしょ濡れのショーツの奥で、女の部分がジンジン疼いてどうしようもない。セックスがしたくてしたくて、いても立ってもいられない。

是が非でも彼と結婚したかったのなら話は別だろうが、元よりそんなつもりはなかったのだという言い訳が、裏切りの背中を押した。

第三章　無間地獄

希子の眼の色が突然変わった。

「ああんっ、加治さんっ……抱いてっ！　抱いてえええっ……」

光石の視線を意識しているのだろう、いささか芝居じみた態度で仁王立ちになっている加治に近づいてくると、足元の絨毯に膝をついた。

「ねえ、ちょうだいっ……これをっ……これを希子にくださいっ……この立派なおちんちんを、希子にっ……」

臍《へそ》を叩く勢いで反り返った男根を手筒で包み、すりすりとしごきたててくる。思ったよりぎこちない手つきだったが、加治は身をよじりたくなるような快感を覚え、平静を取り繕うのに往生しなければならなかった。

（ついに……ここまで追いこんだか……）

なにしろ、相手はあの椎名希子なのである。

荒んだ生活を送っていたころ、彼女のグラビア写真で自慰をしていたことを思えば、不思議な気分にならざるを得ない。

焦らしの愛撫を施していたときから、そうだった。希子の乳房は豊満なだけではなく艶《つや》も張りもあり、それを生乳で揉みしだいて全身の血が沸騰するほど興奮しているにもかかわらず、妙に醒めていた。いま勃起しきったおのが男根に彼女の細い指先を感じ、喜悦も欲情も覚えているのに、どうにも現実感がわいてこない。

まるで夢の中の出来事のようだ。

それでも、ぼんやり突っ立っているわけにもいかず、

「俺の女になるんだな？」

胆力をこめて低く声を絞った。

「なるっ！　なります……」

希子がコクコクと顎を引く。

「本当だな？　じゃあ、あれは誰だ？　さっきまで結婚すると言ってた男じゃないのか？」

部屋の隅に転がっている光石を眼顔で指すと、

「ううう……」

　希子は唇を嚙みしめて顔をそむけ、

「結婚は……結婚なんてしません……」

　きっぱりと言いきった。

「むぐっ！　ぐぐぐっ！」

　光石は猿ぐつわの下で激しくうめいて、芋虫のように縛りあげられた不自由な体をジタバタと動かした。自分以外の男のペニスを握りしめている恋人の姿に、眼尻が切れそうなほど眼をひん剝き、熱い涙を流している。

「泣いてるみたいだぞ」

　加治が失笑をもらすと、

「いいんです」

　希子は意を決するように息を吞んだ。ケジメをつけろという美智流の言葉を思いだしたようだった。

「ごめんなさい、光石さん。わたし、ホントは最初から、光石さんと結婚するつもりなんてなかったんです。わたしがホントに好きだったのは加治さん。光石さんは当て馬に使っただけ。申し訳ないけど許してね……」

　希子は努めて淡々と言葉を継いだが、表情は苦渋に満ちていた。光石に対する愛情は、偽物ではなかったらしい。罪悪感で全身を小刻みに震わせ、すがりつくように男根を握る手指に力をこめた。

「じゃあ、舐めてくれ」

加治は非情に言い放った。希子が光石を愛していたなら愛していたで、寝取ってしまえばいいだけだ。

「やつが見ている前で、思いきりスケベな顔をして舐めるんだ」

「ううう っ……」

希子は恥辱に顔を歪《ゆが》めつつも、うなずいて舌を差しだした。ピンク色に輝く綺麗な舌だった。それを長く伸ばしたことで、可愛く気品のある顔に、一瞬にしてエロティックな彩りが差した。

「ぅんあっ……」

肉竿の裏側から、舐めはじめた。つるつるして生温かい舌が、ねっとりと這ってくる感触に、加治は大きく息を呑んだ。とうとう椎名希子に、おのが男根を舐めさせてしまったのだ。息がとまり、胸がざわめく。寝取ってやると腹を括ったとはいえ、希子はただの女でもないし、ホステスでもない。かつて一ファンとして幻想に酔い痴れた偶像＝アイドルだった。

「ぅんんっ……ぅんんっ……」

希子は鼻息も可憐に舌を躍らせ、竿の裏から亀頭を唾液で濡れ光らせていく。上目遣いでチラチラと加治の顔色をうかがいながら、ぎこちなく舌を這わせてくる。

（希子……）

動揺が、加治の心を激しく揺さぶった。首に筋を浮かべ、顔を熱くしているのは、肉体的な快感のためだけではなかった。タブーの意識が心を千々に乱し、希子のあられもない舐め顔を正視できない。

彼女は現在、みんなで担いでいる御輿だった。やがて芸能界の輝く星になる夢を託し、スターになった暁には、担いでいる全員でその恩恵にあずかろうとしている金の卵なのである。おのれの快楽のために、舌奉仕させていい相手ではなかった。男根を舐めまわしてもなお、アイドルらしい聖性を放っている彼女を、これ以上穢したくない。

だが……。

これは仕事だった。

彼女が自分たちの御輿でありつづけ、輝く星へと導くためには、心を鬼にしなければならないのも、また事実だった。二度と道を踏みはずすことのないように、肉の悦びだろうが、愛されることによって得られる心の平安だろうが、必要ならば与えてやらなければならないのである。

「俺の女になりたいなら……」

加治は希子の栗色の髪に、ざっくりと指をつっこんだ。

「そんな甘っちょろいやり方じゃダメだ。咥《くわ》えてしゃぶるんだ」

「ううう……」

希子が恨みがましい眼つきで見上げてくる。彼女の唇はサクランボのように小さい。口に含むのが苦手なのかもしれないが、手心を加えてやるつもりはなかった。

「咥えるんだ」

頭をつかんで引き寄せると、

「んんっ……ぅんああっ……」

希子は顔をこわばらせつつ、濡れた瞳に諦観《ていかん》を浮かべて口を開いた。

加治はずいっと腰を前に送りだし、サクランボのような唇を男根で割った。まずは亀頭部だけを口内に沈めこみ、髪をかきあげて咥えた顔をむさぼり眺めてやる。小さな唇をOの字にひろげ、鼻の下を伸ばした表情が、ぞくぞくするほどいやらしい。

「しゃぶれ」

小刻みに腰を使い、じゅぶじゅぶと口唇を穿《うが》った。

「しゃぶりながら舌を使うんだ。心をこめてな」

「ぅんぐっ……ぅんぐっ……」

希子は苦悶に眉根を寄せつつ、言われた通りに口内で舌を動かした。お世辞にもうまいやり方ではなく、フェラチオに慣れていないことはあきらかだった。

加治は少しの安堵を覚えつつ、全身を熱くたぎらせた。舌奉仕が苦手な女は、銀座のホステスを相手にしていたときから大好物だった。やり方を仕込んでいく過程で、女を従順にすることができるからである。女の淫らな本性を開花させるのに、フェラチオ指導に勝るものはない。

「口の中でたっぷり唾液《だえき》を出せ」

両手の指を立て、栗色の髪をまさぐりながら言った。

「出せるだけ出して、唾液ごとチンポを吸いあげるんだ。じゅるじゅる音をたてな」

「ぅんぐっ……ぐぐっ……」

希子は眼を白黒させながら、懸命に口内で唾液を出した。そして吸ってきた。苦悶にぎりぎりまで眼を細めてしゃぶってきた。

「音をたてるんだ。いやらしい音を」

加治が頭を前後に揺さぶると、

「ぅんぐぐうーっ！」

希子は可愛い顔を歪めきりながら、じゅるっ、じゅるるっ、と男根を吸いしゃぶった。ぎこちなかったが、加治は喜悦に身をよじってしまった。希子の唾液には粘り気があり、おまけに口が小さいから、吸着力がある。鍛えれば超絶的なフェラチオの使い手になる予感がする。

「じゅるじゅる吸ったら、舌で舐めるんだよ。同時に手も動かせ、根元をしごいたり、玉袋を揉んだり、いろいろすることがあるだろう？　チンポが欲しいんだよな？　ここに入れてほしいんだろう？　だったらもっと頑張るんだ」

言いながら、足指を股間に伸ばした。びしょ濡れのショーツに包まれた希子の女の部分を、親指の先でぐりぐりといじりまわしてやる。

「ぅんぐっ！　ぅんぐううーっ！」

希子の顔は、みるみる生々しいピンク色に上気していった。股間の刺激に悶絶し、身をよじりはじめた。欲情も切羽つまっているようだったが、息苦しさも限界に達しているらしい。それでも加治は、希子の頭を両手でがっちりとつかまえ、口唇から男根を抜くことを許さなかった。

「そら、どうした？　サボるなよ。もっと一所懸命しゃぶらないと、入れてやらないぞ、ここに！」

「ぅんぐううーっ！」

足の親指を割れ目に食いこませてやると、希子は鼻奥で悲鳴をあげた。涙眼を加治に向け、「もう無理」と言わんばかりに首を振る。

だが、フェラチオ教育はまだまだ始まったばかりだった。

女は口の中にも性感帯がある。欲情しきった状態で吸いしゃぶらせれば、男が気持ちいいだけではなく、女を気持ちよくさせることも可能なのである。まったく女は恐ろしい。失神すれすれの状態でさえ桃源郷を味わうことができるのが、女という生き物なのだ。

「そらっ！　そらっ！　もっと深く咥えるんだよ、根元まで」

加治は大事な御輿を上から睨《ね》めつけ、頭をつかんだ指に力をこめた。禁忌を踏みにじり、鬼になっていく実感がたしかにあった。

「ぅんぐっ！　ぅんぐぐっ！」

希子は必死で首を振り、無理だと訴えてきたが、加治は容赦なく腰を前に送りだした。むりむりと口唇を貫き、小刻みなピストン運動でえぐりたててやる。

「ぅんぐぐっ……」

根元まで咥えこまされた希子は、眉間に深い縦皺《たてじわ》を刻み、熱い涙をボロボロとこぼした。

それでも加治は容赦しなかった。腰を振りたてて、ずぼっ、ずぼっ、と勃起しきった男根を抜き差しした。顔ごと犯すイラマチオだ。

「むむむっ……」

腰を振りたてるほどに、自分の顔が赤々と茹《ゆ》であがっていくのを感じた。冷血調教師が顔色を変えるのはうまくなかったが、希子の潜在能力が想像以上に高かったせいだ。彼女は口腔奉仕に向いていた。

小顔なので抜き差しをコントロールしやすかったし、なにより喉奥の締まりがいい。亀頭をいちばん奥まで届かせると、無意識にキュッと締めてくる。イラマチオの愉悦《ゆえつ》に、溺《おぼ》れてしまいそうになる。

「しゃぶれ！　唾液を出して、吸いしゃぶれ！　できるようになるまで、やめないぞ。下の口に入れてほしいなら、もっと必死になれ！」

怒声を浴びせつつ、足指でねちっこく女の割れ目をいじりまわしてやる。濡れたショーツ越しに、クリトリスまで刺激していく。

「うんんっ……ぐぐぐっ……」

いまにも白眼を剝きそうになりながらも、希子は感じていた。意識が遠のいていきそうなのに、無意識に男根を吸いたて、舌をからめてきているのが、なによりの証拠だった。ずぼずぼと口唇をえぐるほどに、ショーツの奥の女の部分が熱くなっていった。ぐりぐりとその部分を刺激すれば、無我夢中で男の器官をしゃぶりあげてくる。ねろり、ねろり、と舌を動かす。

たまらなかった。

希子の口唇は突けば突くほど粘着力を増し、あまりの快感に男根が野太くみなぎっていった。犯してはならないアイドルの顔を、欲情に任せてずぼずぼえぐった。凄艶《せいえん》さが花開いた。涙を流して悶絶しつつも美や華や可憐さを滲《にじ》ませる女は、最上級だ。希子はそのランクに属するかもしれなかった。脱いでもすごい、どころではなく、抱いてもすごい女である予感が、ひしひしとこみあげてくる。

「……よし」

これ以上責めると本当に失神してしまうというところまで責め抜いてから、男根を口唇から抜いた。

「んあああっ……」

希子は閉じることのできなくなった口から大量の唾液をあふれさせ、絨毯に両手をついた。ハアハアと肩で息をしながら、ツツーッと唾液の糸を垂らし、しばらくの間、苦悶からの解放感で体中を痙攣させていた。

夜が更けていくに従って、風が強くなってきた。

山の斜面に建っているこの別荘は、谷間を流れる風をまともに受けてしまうらしく、突風が訪れるたびにどこからかガタピシと音が響いてきた。四人がいるリビングは無事だったが、建物自体は半壊状態なので、廊下を吹き抜けていく風が壊れた扉を開閉させ、ひびの入った柱を軋《きし》ませているのだ。

加治は天を仰いで呼吸を整えた。ゆっくりと深呼吸し、気の流れの充実を図った。久しぶりに、セックスで身も心も高ぶっていた。

「むぐっ！　むぐううっ！」

部屋の隅で芋虫のように転がされている光石が、半狂乱になって身をよじり、猿ぐつわをされた口で、言葉にならない絶叫をあげている。泣きながら、「やめろ、やめてくれ」とわめいているわけだが、もちろん知ったことではなかった。

希子を徹底したイラマチオで責めたのは、彼女自身を手なずけるためでもあったが、光石の心を折るためでもあった。その意味では、いまの光石の泣きわめきぶりは、満足してもいいレベルである。いずれ声も出せず、身動きする気力も削がれるのだから、せいぜいいまのうちに暴れておけばいい。

思えば、銀座時代にも似たようなことがあった。

閉店後の店内で、新人ホステスをひいひいとよがり泣かせてやった。

見込みのある女だったが、悪い虫がついていたのだ。こってりと性感を開発し、加治のセックスがなければいられないようにしてから、抱いている現場を悪い虫に目撃されるように仕向けた。

男は自分の女を寝取られると怒り狂う。だが、自分が抱いているときより女がよがっているのを目の当たりにし、イキまくっている現実を突きつけられると、心が折れる。その悪い虫は、嵩《かさ》に懸かった偉そうな態度で女を支配し、金を貢がせているタイプだったので、一撃で意気消沈した。敗北感にがっくりと肩を落とし、逃げだしていった後ろ姿をいまでもよく覚えている。

光石もいずれそうなるだろう。あと一時間もすれば、見たこともない形相でオルガスムスをむさぼっている恋人から眼をそむけ、黙ってうなだれているだけになる。猿ぐつわをはずしても声を出せず、拘束をといてもなにもできないようになる。

「さて……」

加治はしゃがみこんで、希子の肩を叩いた。熱かった。「えっ、えっ」ととまらない嗚咽が、肩を激しく震わせていた。

「そろそろ呼吸が整ったか？」

「ううう っ……」

希子はゆっくりと顔をあげた。ふたつの眼から涙があふれ、ピンク色に染まった頬がキラキラと濡れ光っている。色っぽい泣き顔だった。瞳の怯えがたまらなくそそった。

「悪かったな、乱暴にして」

ふたりきりなら、そんな言葉を投げかけてやってもよかった。しかし、ギャラリーがいるこの状況で、やさしくしてやることはできない。彼女の試練はまだ始まったばかりなのだ。これから女としての恥という恥をさらしきり、さらに盛大に泣きじゃくることになる。やさしくしてやるのは、すべてが終わったそのときだ。

加治は希子を絨毯の上であお向けに横たわらせた。

ピンク色のショーツに手をかけると、

「あああっ……」

可愛いアイドルは眉間に深い縦皺を寄せて、大人びた表情を見せた。

いよいよ恥部を剝きだしにされてしまう羞恥《しゅうち》に身をすくませ、けれども興奮を隠しきれない。イラマチオで口唇を責めながら、ねちっこく足指で刺激してやったから、女の部分が熱く疼いてしまうのだろう。

じりっ、とショーツをおろした。希子は光石の視線や美智流の視線を感じている。それをさらに意識させるように、わざとじわじわと時間をかけて、まずは恥ずかしい繊毛から露わにしてやる。

「……くっ！」

希子が真っ赤になった顔をそむける。

毛は薄く、春風にそよぐ若草のようだった。グラビア撮影で水着になる機会が多いから、アンダーヘアが濃ければ、水着からはみ出さないように処理しなければならない。しかし、その必要もないほど面積が狭く、頼りないほど量が少なかった。かろうじて縦長の小判形をかたちづくった草むらは、その下に女の部分が隠されている印の役割しか果たしておらず、おそらく花びらのまわりも無毛状態だろう。

「可愛いオケケだな」

加治は若草を指でつまんだ。細くて縮れの少ない繊毛は、猫の毛のように柔らかかったが、しっとりと湿った感触がいやらしかった。

「でも、オマンコはけっこう使いこんでるんだろう？」

「意地悪言わないでくださいっ！」

希子が眼尻を垂らした顔で見つめてくる。

「わたしっ……わたし、やりまんなんかじゃないですからっ！　加治さんがいちばん、そのことわかってるはずじゃないですかっ！」

「さあ、どうだろう」

加治は意味ありげな眼つきで首を傾げた。

「見てみればわかることだ」

びしょ濡れのショーツをずりおろすと、

「ひっ……」

と希子は頬をひきつらせた。赤く染まった可愛い顔に、解放感と羞《は》じらい、そして期待と不安が交錯した。いままで熱く疼いていた部分をぴったり塞いでいた薄布が、ついに剝がされてしまったのだ。

いよいよご開帳の時だった。

加治はショーツをすっかり脱がすと、すかさず両脚をM字に割りひろげた。むっと湿った獣じみた匂いが、鼻腔に流れこんできた。若さゆえか、酸味の強い匂いだった。

「いっ、いやっ！」

希子が両手を伸ばして股間を隠そうとしたが、そんなことを許すわけにはいかなかった。加治は両肘《りょうひじ》を使ってM字開脚をキープしながら、希子の両手をつかんだ。

「あああっ……」

女の恥部を剝きだしにされた恥辱に、希子があえぐ。栗色の髪を振り乱して首を振る。腰を反らせて身をくねらせ、ふたつの胸のふくらみを、タプン、タプン、と揺れはずませる。

（これが……椎名希子の……）

加治は眼を見開いて凝視した。予想通り、花びらのまわりに繊毛は生えていなかった。ぽってりと肉厚なアーモンドピンクの花びらが、行儀よく身を寄せあい、男を魅了してやまない一本の縦筋を描いている。

ただし、肉の合わせ目からは大量の蜜がしたたり、ただでさえ卑猥《ひわい》な色艶を、ひときわいやらしく濡れ光らせていた。親指と人差し指をあてがい、輪ゴムをひろげるように女の割れ目をくつろげていくと、ぴちぴちしたいかにも新鮮そうな薄桃色の粘膜が、恥ずかしげに顔をのぞかせた。

「綺麗だ……なんて綺麗なオマンコなんだ……」

思わず感嘆の声をもらすと、

「ああっ、いやあっ……見ないでっ……見ないでえええっ……」

希子は髪を振り乱して羞じらった。覚悟していたとはいえ、彼女にとって加治は毎日一緒に仕事をしている男だった。タレントとマネージャーという、上司のようでもあり下僕のようでもある不思議な関係であるが、ホステスと黒服よりずっと公式感が強く、折り目正しい距離感を維持してきた。

その男に、体の内側までのぞきこまれる恥辱はいかばかりか、想像すると気の毒になる。グラビアの撮影中、水着がずれて乳首が見えそうになっただけで真っ赤になっていた希子がいま、女としてもっとも恥ずかしい部分をさらしきっているのである。

「ふーん、そんなに綺麗なの?」

いままで黙って事態を静観していた美智流が、椅子から立ちあがって近づいてきた。ふたりのすぐ近くでしゃがみこみ、所属タレントの陰部をのぞきこんだ。

「みっ、見ないでくださいっ!」

希子は驚愕に顔を歪め、涙声をあげて激しく身をよじった。同性の女社長に粘膜の色艶を確認される恥ずかしさは、マネージャーに見られる比ではないだろう。加治も美智流の突発的な行動に驚いてしまった。

「たしかに綺麗ね。とっても綺麗なピンク色……」

美智流はうっとりと眼を細め、長い溜息をつくように言ったが、

「でも……すごいのね、本気汁が……」

次の瞬間、失笑して加治を見た。

「……たしかに」

　加治はうなずいた。花びらも粘膜も、初々しく清らかな色艶をしていたが、薔薇《ばら》の蕾《つぼみ》のように幾重にも折り重なった肉ひだの隙間からは、コンデンスミルクのように白濁した本気汁が滲んでいた。

「まだ直接触ってもいないのに、こんなに本気汁を漏らしてるとは……」

　わざと貶《おとし》めるように言うと、

「淫乱の気があるのかもしれないわね」

　美智流は乗ってきた。

「ありませんっ！」

　希子が真っ赤になって反論する。

「わたし、淫乱なんかじゃっ……だいたい、なんですか？　本気汁って……」

「これだよ」

　加治は割れ目から垂れた白濁の粘液を指ですくった。

「女は本気で燃えると、こういう白い液をもらすのさ。いやらしいだろ？　こんなに糸を引いてる」

　指の間でネチャネチャと粘りつかせると、

「ううっ……」

希子は羞じらいに頬を赤くし、唇を嚙んで眼を伏せた。

「まあ、すぐにわかることさ」

加治が淫靡《いんび》な笑みをもらすと、美智流も笑った。

「そうね、すぐにわかるでしょうね、淫乱かどうか」

加治は美智流と視線を交わしてうなずくと、希子の股間に顔を近づけた。舌を伸ばし、本気汁の滲みだした薄桃色の粘膜を、ねろりと舐めあげた。

「はっ、はぁあああああーっ！」

希子は白い喉を見せてのけぞった。一度舐めあげただけなのに、ビクンッ、ビクンッ、と腰を跳ねさせ、肉づきのいい太腿を、ぶるぶるっ、ぶるぶるっ、と激しく震わせた。

延々と焦らされた果てにようやく与えられた、直接的な刺激だった。どんな女でもそんな反応を見せたであろう。

「なあに、希子」

だが美智流は、底意地の悪い顔で吐き捨てた。

「淫乱じゃないなんて言っておいて、いきなりそんな大声出しちゃうの？　腰をビクビク跳ねさせちゃうの？」

「だってっ……だってえっ……はぁうううううーっ！」

希子は必死に言い訳をしようとしたが、言葉は最後まで続かなかった。ねろり、ねろり、と加治が舌を躍らせたからだ。薄桃色の粘膜から本気汁を拭うように舐めあげてやった。丁寧に掃除してから、舌先でヌプヌプと穴を穿つと、新鮮な蜜がどっとあふれてきた。

「あぁっ、いやっ……いやあああぁっ……」

希子はみるみるうちに喜悦の渦に翻弄《ほんろう》された。じゅるじゅると下品な音をたてて蜜を啜《すす》っても、羞じらうことすらできなくなった。

「むうっ……むううっ……」

加治は荒ぶる鼻息で若草を揺らしながら、熱っぽく舌を使い、唇を動かした。ようやく希子の女の花に口づけができた歓喜に、側で見ている美智流の視線すら気にならなかった。夢中になって薄桃色の粘膜を舐めまわし、蜜を啜った。左右の花びらをかわるがわる口に含んでは、ふやけるくらいにしゃぶりあげた。

夢中にならずにいられなかった。

ぴちぴちした粘膜の舐め心地も、しゃぶればしゃぶるほどいやらしく肥厚していく花びらも、結合したときの快感を生々しく想像させた。肉感的なボディそのものもすこぶる抱き心地がよさそうだったけれど、これほどハメ心地に期待をもたせる道具というのも、久しぶりに出会った気がする。

(世の中はまったく不公平なものだ……)

そんな感慨さえ、脳裏をよぎってしまった。生来の可愛らしさや、抜群のプロポーションに加え、女の部分までこれほど具合がよさそうとなると、やはり彼女はなにかを持って生まれてきたと思わざるを得ない。おまけによく濡れて、発情の匂いすら芳《かぐわ》しい。

にわかに後悔がこみあげてきた。

これほどの女を、他の男にみすみす抱かせていたとは馬鹿げている。

最初から、こうするべきだったのだ。

イロカンであろうがなんであろうが、彼女がセックスが大好きで、欲求不満をもてあましているなら、この手で慰めてやればよかったのだ。

おそらく美智流も、それを期待して、加治を希子のマネージャーにしたのだろうから……。

(いい眺めだ……)

アーモンドピンクの花びらが左右にぱっくりと開ききり、蝶々《ちょうちょう》のような形になると、加治は肉の合わせ目の上端に視線を向けた。恥毛が少ないから、そこに隠れている女の急所がよく見えた。珊瑚《さんご》色に輝く肉の粒が、包皮から恥ずかしげに少しだけ顔を出していた。

「ううう……」

希子が加治の視線を追い、息を呑む。いよいよ最後の砦《とりで》を攻め落とされる予感に、身をすくめる。

「うっくっ……くぅううっ……」

包皮をペロリと剝いてやると、希子は首に筋を浮かべ、足指をぎゅうっと丸めた。彼女の体はどこもかしこも敏感だったが、やはりその部分は特別らしい。ごく小さな、真珠のように丸いクリトリスが、いかにも敏感そうにぷるぷる震えている。

「さっきはずいぶん熱心にチンポをしゃぶってもらったからなあ……」

加治は包皮を剝いては被《かぶ》せ、被せては剝いた。

「お返しにたっぷり舐めてやらないと、申し訳ないよなあ。ふやけるくらい、たっぷりと……」

「あああっ……あああああっ……」

卑猥な言葉とクリトリスにかかる吐息だけで、希子はあえいだ。いまにも泣きだしそうな顔で、あわあわと口を動かした。

加治は舌先を蛇のようにチロチロと動かしながら、クリトリスに近づけていった。いくぞ、いくぞ、とフェイントをかけるたびに、希子の頰はひきつり、たまらなくそそる表情になっていく。眉根が限界まで寄せられ、彫刻刀で彫ったように深い縦皺を刻む。

ねちり、と軽く舐めたてると、

「はっ、はぁあああああーっ！」

その日いちばん甲高《かんだか》い声を放って、アイドルは体中を反り返した。ビクンッ、ビクンッ、と全身を淫らに波打たせ、新鮮な花蜜をどっとあふれさせた。

「ああっ、ダメッ！　ダメダメダメえええっ……イッ、イッちゃいますっ……そんなにしたらイッちゃうううっ……」

ねちり、ねちり、と真珠肉を転がすほどに、希子は切羽つまった声をあげた。股間を出張らして、さらなる刺激を求めてきた。しかしもちろん、そんなに簡単にイカせてやるわけにはいかない。

加治は希子の高まり具合を見極めつつ、舌をクリトリスから粘膜に、あるいは蟻《あり》の門渡《とわた》りやアヌスに逃がした。

希子はジェットコースターにでも乗っている気分になっただろう。ねちねちとクリトリスを舐め転がされ、獰猛《どうもう》に尖らせた唇で吸われ、時に甘嚙みさえ織り交ぜて女の急所である肉芽を責められては、絶頂寸前ですうっと舌が逃げていく。もどかしさに苦悶する生汗だけを、反り返った肢体から絞りとられる。

「ああっ……も、もう許してっ……イカせてっ！　ああっ、イカせてくださいいいいーっ！」

ひいひいと喉を絞って泣き叫べば、

「我慢しなさい」

美智流に双頬をぎゅうっとつかまれた。

「淫乱でもやりまんでもないなら、そんなに簡単におねだりなんてしないの」

「でもおっ……でもおおおおっ……」

希子はもはや、羞じらうこともできないまま、あられもなくよがり泣くばかりだった。

「おかしくなっちゃいますっ……こんなのおかしくなっちゃうっ……」

「おかしくなればいいよ」

加治はチューーッと音をたててクリトリスを吸いたてた。

「はっ、はぁうううう︱っ！」

「おかしくなるくらい気持ちよくなって、生まれ変わればいい。こんな雪山に閉じこめられたのもなにかの運命だ。今夜は朝までこってりと責め抜いてやる。失神しても、腰を抜かしても、許してやらん。イッてイッてイキまくって、そして東京に戻ったら、椎名希子の第二章が始まるんだ」

加治は言いながら、自分の言葉に感じ入ってしまった。想定外の巡りあわせで、いま希子の急所を舐めまわしているが、見方を変えれば、彼女がひと皮剝ける一助になれるかもしれない。セックスの充足は想像以上に女の色香を磨く。大きな仕事を前にして伸び悩んでいる彼女を飛翔《ひしょう》させるきっかけに、この行為がなればいい。

淫らに尖りきったクリトリスをチューチューと吸いたてては、ねちっこく舌先で舐め転がした。希子の腰がガクガクと震えだすと、舌をアヌスに這わせていき、細かい皺を一本一本伸ばしてやった。痛烈な快感とくすぐったさに板挟みにされ、希子は泣きじゃくった。オルガスムス欲しさに少女のように泣きじゃくり、「えっ、えっ」と嗚咽をもらしながら太腿をぶるぶると震わせた。

「ああっ、してっ……加治さん、してえっ……ねえ、おまんこしてよおっ……希子のおまんこっ……おまんこにおちんちん入れてくださいいいいいーっ！」

半狂乱で卑語さえ口走り、

「いやらしいわねっ！」

怒った美智流が希子の太腿をピシッと叩いた。

「ひいっ！」

希子が驚いて喜悦に紅潮した顔を歪める。

「そんなことだから、ヤリチン男に簡単に引っかかっちゃうのよ。滝本宏にも東川由起夫にも、そうやっておねだりして抱いてもらったんじゃないでしょうね？　恥知らず！　わたしはあなたに、あんな輩《やから》よりずっとランクの高いタレントになってくれることを期待してたのに……」

ピシッ、ピシッ、と太腿を叩いていた美智流は、次第に怒りの炎を大きくしていき、本気で平手を飛ばしはじめた。スパーンッ、スパーンッ、という乾いた打擲《ちょうちゃく》音をたてて太腿を叩き、汗にまみれた乳房にまで同様のスパンキングを与える。

「ひいいっ！　ひいいいいいーっ！」

クンニリングスによがりながら、希子は恐怖に上ずった悲鳴をあげた。美智流の平手は手《て》練《だ》れていた。決して暴力ではなく、性的な刺激を与えるように加減されている。それでも、乳房に赤く痕《あと》がつく。叩かれるたびに豊満なふくらみがブルンブルンと揺れはずみ、先端から汗の粒を飛ばす。

「むううっ……」

美智流のスパンキングと呼応するように舌を使っていた加治だったが、痛みと快感に翻弄されるアイドルの姿に、みずからの欲望を我慢できなくなってしまった。ふたりがかりで責め抜かれてなお、希子は可憐さを失わなかった。あまりの可愛さに涙が出そうになった。もしかして自分は、本気で彼女を愛しているのではないかと思ってしまった。

もちろん、本気で愛しているのだ。

御輿として愛している。

彼女をスターにしてやりたい。

ひと皮剝いて、壁を乗り越えさせてやりたい。

ならば、感涙を浮かべることなど断じて許されなかった。心を鬼にして、躾けてやらねばならない。今後、どれほどいい男が言い寄ってきたとしても、最高のセックスはマネージャーに抱かれることだと思いだせるように、きっちりと体に刻印を押してやらねばならないのだ。


「……よーし」

加治はクンニリングスを中断して顔をあげた。ふたりがかりで三十分近く責め抜いて、希子の泣き声も嗄《か》れてきていた。喜悦の嵐に揉みくちゃにされ、二十三歳という年には似合わないほど、大人びた凄艶さを漂わせていた。ざんばらに乱れた髪が淫らだった。ハアハアとはずむ吐息が、獣の牝の匂いを漂わせていた。

「そろそろトドメを刺してやろうか」

上体を起こし、勃起しきった男根を握りしめた。はちきれんばかりに硬くなっていた。自分の分身ながら、怖いくらいに野太くみなぎり、ズキズキと熱い脈動を刻んでいる。

「あああっ……」

希子が涎に濡れた唇を震わせる。あえぎ泣くあまり焦点を失っていた眼が、男根を見るために生気を取り戻す。

「これが欲しかったんだろう？」

加治はM字に開かれた希子の両脚の間に腰をすべりこませ、亀頭を割れ目にあてがった。側にいる美智流のことは、もう眼に入らなかった。

いまのいままで舐めまわしていた女の花は、したたるほどに濡れていた。亀頭も濡れている。フェラチオによってコーティングされた希子の唾液はすでに乾いていたが、大量の我慢汁が噴きこぼれ、割れ目にあてがうとヌルリと卑猥な感触がした。

「あああっ……あああっ……」

希子はもはやまともに言葉を発することさえできず、眉根を寄せた悩ましい表情で、すがるように見つめてくるばかりだった。それでも、期待は伝わってきた。高鳴る心臓の音まで聞こえてきそうだった。

（一生、忘れられない瞬間になりそうだ……）

加治は亀頭と割れ目がキスをしている姿を眺め、

「行くぞ」

腹筋に力をこめて希子を見た。

「ううっ……」

希子がうなずく。コクコクと顎を引く表情が、餌《えさ》を見せられてちぎれんばかりに尻尾《しっぽ》を振っている仔犬のように可愛い。

加治はぐっと腰を前に送りだした。アーモンドピンクの花びらをめくりあげ、中に入った。熱かった。舌で感じていたときよりずっと熱い、煮えたぎるような熱気が、ずぶりと押しこんだ亀頭を包みこんでくる。

「んんんーっ！」

希子が鼻奥で悶える。紅潮し、発情の涙に濡れた双頰をひきつらせつつも、眼を閉じないで見つめてくる。

加治も見つめ返した。視線と視線をしっかりからめあいながら、腰をまわし、結合を深めていく。焦らしに焦らし抜いた肉ひだが、ようやく与えられた刺激にざわめき、からみついてくる。かなりの吸着力だった。蜜壺の締まりも抜群にいい。やはり、神様は不公平だった。人並み外れた容姿に恵まれた彼女に、これほどの性愛器官が与えられているなんて……。

「ああああっ！」

ずんっ、と最奥まで突きあげると、希子は白い喉を突きだしてのけぞった。背中を弓なりに反らせ、M字に開いた両脚を震わせて、結合の衝撃にあえいだ。その姿がたまらなくいやらしくて、加治は上体を被せて抱きしめた。あえいでいる唇に唇を重ね、ヌルリと舌を差しこんでいく。

「ぅんんっ……ぅんんっ……」

希子は可憐な鼻息を振りまきながら、舌をからめかえしてくれた。結合の実感を嚙みしめながら、舌を吸いあった。美智流の眼にはきっと、加治らしくない甘いやり方に映っているだろうが、かまっていられなかった。実際に出会う何年も前から、グラビアを見て自慰に耽っていた女との初めての結合だった。身の底から感動がこみあげてきて、理性で体をコントロールできない。

とはいえ、いつまでも甘い口づけに淫していているわけにはいかなかった。濡れた肉ひだが勃起しきった男根を締めあげてきて、腰を動かさずにいられない。ぐりんっ、ぐりんっ、とまわした。蜜壺は肉と肉とを馴染《なじ》ませる必要がないほど潤って、腰をまわしただけで、ずちゅっ、ぐちゅっ、と汁気の多い音がたった。

「ああっ、いいっ……」

希子が濡れた瞳を向け、声を震わせる。

「すごくっ……すごく大きいっ……それに硬いっ……」

「おまえのせいだ」

と言ってやりたかったが、加治は言葉のかわりに腰を動かした。ぐりんっ、ぐりんっ、とグラインドさせては、ゆっくりと抜き差しする。ハメ心地を味わうように、じわじわと抜いて、深く入れ直す。ずんっ、ずんっ、と突きあげるピッチを、次第にあげていく。

「ああっ……はぁああっ……はぁあああっ……」

希子の呼吸は、一足飛びに荒くなっていった。彼女も彼女で、息を呑んで抜き差しの感触を味わい、ハアハアとあえぐ。ずんっ、ずんっ、と送りこまれる律動に合わせて、五体がくねりだす。

普通なら、ハニータイムを愉しむ余裕があっただろう。しかし、いまの彼女は発情しきった獣の牝だった。じっくりと時間をかけて性感を刺激し、時にふたりがかりの荒技まで使って愉悦の嵐に巻きこみ、にもかかわらずオルガスムスを与えていない。

「もっとっ……」

首に筋を浮かべて、声を絞った。

「もっとしてっ……めちゃくちゃにしてっ……ああっ、加治さんっ……めちゃくちゃにっ……めちゃくちゃに突いてえええええっ……」

「むううっ！」

加治は抱擁に力をこめ、律動のピッチをあげた。ずちゅっ、ぐちゅっ、ずちゅっ、ぐちゅっ、と卑猥な肉ずれ音をたてて、男根を抜き差しした。眉根を寄せて悶える希子と視線をからめあわせながら、パンパンッ、パンパンッ、と連打を放った。すぐに夢中になった。希子の欲情をコントロールする余裕がなくなった。突きあげるたびに締まりを増し、粘っこくからみついてくる肉ひだが、我を忘れさせた。ただ一匹の牡として、渾身のストロークを送りこんでいく。

「はぁあああっ……いいっ！　はぁあああああっ……」

パンパンパンッ、パンパンッ、と突きあげてやると、希子は眼を開けていられなくなった。加治にしがみつき、背中に爪を立てて掻き毟ってきた。

「あたってるっ……奥にっ……いちばん奥にあたってるううううーっ！」

「むううっ！　むううっ！」

加治は全身が燃えあがる炎になっていくのを感じた。たしかにあたっていた。深く貫くたびに、亀頭がコリコリした子宮を叩く。けれども、まだ奥まで行けそうな気がする。濡れた肉ひだが、奥へ奥へと引きずりこもうとする。もう間違いない。希子は紛《まが》うかたなき名器の持ち主だ。

じわり、と額に脂汗が浮かぶ。

希子を焦らし抜いていたということは、加治もまた、我慢に我慢を重ねていたのだ。場数を踏んでいるとはいえ、本能までは抑えこめない。希子にイラマチオを施したときから、いや、服を脱がせ乳房を揉みしだいたその瞬間から、彼女が欲しくて欲しくてどうしようもなかったのだ。

「ああっ、いやっ！　いやいやいやっ……」

希子が乱れる。背中を掻き毟る力は尋常ではなくなり、ミミズ腫《ば》れになっていそうだったが、いまはその痛みすら心地いい。勃起をみなぎらせる力となり、腰を振りたてる燃料となる。

「イッ、イキそうっ……わたし、もうイッちゃいそうっ……」

激しく身をよじりながら、希子が切羽つまった声をあげる。振り乱される栗色の髪が、まるで生き物のように宙を舞う。

「もう焦らさないでっ……イッ、イカせてっ……このまっ……このままイカせてえええっ……」

できることなら、そうしてやりたかった。このままオルガスムスに導いてやれば、食い締めを増した蜜壺の中で、甘美な射精を遂げることができそうだった。はちきれんばかりに勃起して、濡れた女肉との摩擦感に喜悦を謳歌《おうか》している男根も、それを望んでいた。

しかし加治は、全身を奮い立たせて体を起こした。

結合したまま希子を抱えあげ、その場に立ちあがって、いわゆる駅弁スタイルへと体位を変えた。

「な、なにっ？　なにぃいいいっ……」

希子は一瞬、なにが起こったのか理解できないようだった。その体を、加治は立ったまま、パンパンッ、パンパンッ、と突きあげた。身長差が二十センチ以上あるし、希子はグラマーでも太っているわけではないので、そんなことも容易《たやす》くできた。

「ああっ！　はぁあああーっ！」

担ぎあげられたままM字開脚の中心に連打を浴び、希子は焦っている。加治の首根っこに必死にしがみつきながら、淫らがましい悲鳴をあげる。結合部に全体重がかかるこの体位が、どうやら初めてらしい。

「こ、これでイカされるの？　こんな格好でっ……こんなので希子、イカされちゃうのおおっ……」

加治の目的は、この珍奇な体位でオルガスムスに導くことではなかった。希子はすぐにはイケないはずだ。正常位のように安定感のある結合ではないから、絶頂寸前の体をしきりにくねらせながらも、どこか戸惑っている。

希子を駅弁で担ぎながら、一歩、二歩、と足を前に送り、部屋の隅に転がっている光石に近づいていった。

挿入の前、トドメを刺すと宣言していた。希子の体を手なずけるだけではなく、光石の心もきっちり折らなくては、トドメを刺したことにはならない。

「ぅんぐっ！　ぅんぐぐぐっ！」

顔の上で、パンパンパンッ、パンパンパンッ、と希子を突きあげると、光石は眼尻が切れそうなほど眼を見開き、猿ぐつわの下で激しくうめいた。大量にあふれた蜜が、結合部から彼の顔にポタポタとしたたっていたからだ。

それでも、希子は光石を見なかった。気づかないフリをしているのかもしれないし、眼の前に迫ったオルガスムスに集中するあまり、本当に気づかなかったのかもしれない。

いずれにしろ、このままやり過ごさせるわけにはいかなかった。

「気持ちいいか？」

腰を振りながら訊ねると、

「いいっ！　いいっ！」

希子は加治の首根っこにしがみついたまま、頭を振ってうなずいた。

「光石よりいいか？」

「光石さんなんて、比べものにならないっ……こ、こんなの初めてっ……こんなにすごいセックス、希子、初めてよおおおっ……」

「それじゃあ、それを光石に教えてやれ」

「えっ……」

希子が戸惑う。加治が結合をといたからだ。

「いっ、いやあああーっ！　抜かないでっ……抜かないでえええええーっ！」

絶叫する希子を、加治は光石の顔の前に立たせた。横から抱きしめる格好で片脚をもちあげ、あられもなく剝きだしになった女の割れ目に、右手の中指をずぶりと沈めこんだ。希子の中は煮えたぎるように熱かった。濡れた肉ひだを搔き分け、中指を鉤状《かぎじょう》に折り曲げる。上壁のざらついた部分を押しあげるように、鉤状に折り曲げた中指をしたたかに抜き差ししてやる。

「はっ、はぁあああうううううーっ！」

希子が獣じみた悲鳴をあげる。駅弁での結合をといてから、ここまで数秒の早業だった。抵抗もできないまま、Gスポットをえぐられる衝撃に身をよじった。

「で、出ちゃうっ……そんなにしたら出ちゃいますうううーっ！」

のけぞって絶叫しながら、希子はすでに潮を吹いていた。Gスポットを押しあげるほどに蜜壺は尋常ではなく潤んで、鉤状に折り曲げた中指を抜き差しすると、それが掻きだされながら、ピュピュッ、ピュッピュッ、と飛沫《ひまつ》が飛んだ。さながら、電信柱に小便をする牡犬のような格好で潮を吹き、それを光石の顔にかけた。

「ぅんぐっ！　ぅんぐぐっぐっ！」

光石が真っ赤な顔で暴れだし、希子の脚に体をぶつけた。加治が支えているので、片脚立ちでも希子が倒れることはなかったが、下に人がいることに気づいた。自分が飛ばした淫らな潮を、数時間前まで結婚相手と考えていた男の顔にかけていることに、ようやく気づいたのである。

「いっ、いやあああーっ！」

希子は眼を見開いて絶叫したが、潮吹きはとまらなかった。加治の中指が最高潮までピッチをあげ、掻きだしているのだから、とまるわけがない。失禁と見紛うばかりの大量の分泌液が、真っ赤に燃える光石の顔を濡らす。びしょびしょに濡らしきっていく。

「どうだっ！　気持ちいいかっ！　こんなの初めてかあっ！」

加治は勝ち誇った顔で叫びながらたっぷりと潮を吹かせると、希子を四つん這いにした。光石の顔と希子の顔が向きあう格好にして、後ろから貫き直した。

「はっ、はぁおおおおーっ！」

指の刺激で爛《ただ》れた蜜壺に、あらためて男根を挿入され、希子はちぎれんばかりに首を振った。尻と太腿をぶるぶると震わせ、潮まみれの光石の顔がすぐ側にあるにもかかわらず、ただ結合しただけで、ひいひいと喉を絞ってよがり泣いた。

「どうしてほしい？」

加治は腰を動かさないまま、後ろから双乳をすくった。硬く尖りきった乳首を指でつまんで押しつぶした。

「あああっ……はぁあああっ……」

希子が尻を振りたてる。咥えこんだ男根をしゃぶりあげるように、腰をまわして、身をくねらせる。

「どうしてほしいか、言うんだ」

「イ、イカせてください……」

希子はもはや、押せば泣く肉人形だった。すべての意識が、男根で深々と貫かれた部分に集中していた。

「い、淫乱の希子を、犯してっ……おまんこ、めちゃくちゃに突いてっ……」

「……よし」

加治は希子の腰を両手でがっちりとつかみ、ピストン運動を送りこんだ。一気呵成《かせい》に腰の動きを加速させ、フルピッチでストロークを打ちこんでいく。潮吹きを経たことで、蜜壺がひどくざわめいている。律動を送りこむほどに、オルガスムスを求めて男根に吸いついてくる。

「ああっ、すごいっ……すごいいいいいーっ！」

「好きなだけ、イケばいい。そらっ！　そらっ！」

ずんずんと突きあげながら、丸々とした尻をスパーンッと叩くと、

「ひいいっ！」

希子は背中を反らせて悲鳴をあげた。痛みを訴える悲鳴ではなかった。平手が尻丘にヒットした瞬間、蜜壺がぎゅっと締まって結合感が増したのだ。

「どうだっ！　たまらんだろう？　オマンコされながら尻を叩かれるのは」

加治は腰を使いながら、左右の平手を飛ばした。スパーンッ、スパパーンッ、と打擲音をたてて、桃の果実にも似た希子の尻丘を、赤々と腫れあがらせる。

「ああっ、いいっ！　いいいいいいーっ！」

背中を発情の汗で光らせて、希子が乱れる。絨毯を掻き毟りながら、身をよじる。突いても突いても、みずから尻を押しつけて、奥の奥まで貫かれようとする。

「もっ、もうダメッ……」

くねらせていた四肢をにわかにこわばらせた。

「もうイクッ……希子、イッちゃいますっ……こ、こんなのっ……こんなの初めてええええええーっ！」

ビクンッ、ビクンッ、と全身を跳ねさせたので、スパンキングに熱中していた加治はあわてて両手で腰をつかんだ。つかまなければどこかに飛んでいってしまいそうなくらい、激しい痙攣を起こしたのだった。

「はぁおおおおおおーっ！　はぁおおおおおおおおーっ！」

「むうぅっ……」

ぶるぶると震える女体を後ろから突きあげながら、いよいよ加治にも限界が訪れた。オルガスムスの衝撃で蜜壺がひときわきつく締まり、眼も眩《くら》むような一体感が押し寄せてきた。それ以上に、希子を激しい絶頂に導いた満足感が、心と体を解放した。鋼鉄のように硬くみなぎった男根が唸りをあげる。先端が子宮を叩き、大きく傘を開いたカリ首がひくひくと波打つ肉ひだを逆撫でにする。

「出すぞっ……こっちも出すぞっ……」

パンパンッ、パンパンッ、と桃尻をはじいて、フィニッシュの連打を開始した。

「おうおうっ……もう出るっ……出るっ……おおおおうううーっ！」

雄叫《おたけ》びをあげて、最後の一打を打ちこんだ。疼きに疼いていた男根の芯に灼熱《しゃくねつ》が走り抜け、煮えたぎる欲望のエキスが噴射する。ドクンッ、ドクンッ、と男根は暴れながら、すさまじい勢いで白濁液を氾濫《はんらん》させる。

「ああっ、いやあっ……またイクッ……続けてイッちゃうっ……す、すごいっ……すごいいいいいいーっ!」

ビクンッ、ビクンッ、と跳ねあがる四つん這いの女体に、加治は長々と男の精を漏らしつづけた。射精が訪れるたびに痺れるような快美感が体の芯を震わせ、身をよじらずにはいられなかった。

会心の射精だった。

射精が終わるまでの長くて短い時間、加治は希子のマネージャーではなかった。希子もまた、スターを夢見るアイドルタレントではなかった。ただの一対の獣として、喜悦に歪んだ声を重ねあわせ、恍惚を分かちあっていた。

第四章　闖入者

（さすがね、やっぱり……）

　椿堂美智流はソファに悠然と腰をおろし、クライマックスを迎えた加治と希子を眺めていた。加治はやはり、いい仕事をする。希子は完全に骨抜きにされた様子で、結合をとかれると絨毯の上にあお向けに倒れ、恥部を隠すことすらままならないまま、大きな乳房を揺らめかせて必死になって呼吸を整えている。

　そのすぐ近くには、芋虫のように縛りあげられ、猿ぐつわをされた光石がいた。彼もまた、加治の徹底したやり方に度肝を抜かれ、もはやグウの音も出ない表情で視線を泳がせているばかりだった。猿ぐつわをといて訊ねるまでもなく、これでもう二度と、希子と結婚したいなどとは言わないだろう。いや、二度と顔を見たくないと思っているに違いない。

　それにしても、疼くものを見せつけられてしまった。

悠然とした素振りがつらくなってくるほど、体が火照《ほて》ってしようがない。ショーツに包まれた女の部分が濡れているのがはっきりわかる。最近は多忙のあまり、加治にも抱かれていなかった。雪山から救出されたら、まず彼とホテルの部屋に籠《こ》もることにしようと美智流は決めた。希子と同じように激しく突きあげられなければ、体の火照りが治まりそうもない。

美智流と加治には、かねてから肉体関係があった。

ただし、そこに愛はない。美智流が肉欲を満たしたいときだけ声をかける関係で、そのぶんのギャラをあらかじめマネージャーの給料に上乗せしている。

加治と出会ったのは三年ほど前のことだ。

当時の美智流は、手塩にかけてブレイクさせた人気女優を大手事務所に引き抜かれ、いま思い返してもぞっとするほど荒れた生活を送っていた。億単位の移籍金が支払われたので、ブランドものを買いあさり、毎晩のように銀座や六本木でシャンパンを抜いては、外資系の高層ホテルを泊まり歩いていた。

そういうことをしてはしゃいでいないと、立っていることもできないくらい心のダメージが大きかったのだ。湯水のように金を使うことで、かろうじて生きるテンションを維持していたのである。

あまりの放蕩《ほうとう》ぶりに、恋人と何度も諍《いさか》いになり、結局、別れを選んだ。

いま思えば、彼は心から自分を心配してくれていたのだと思う。いや、おそらくそのときから気づいていたのだが、当時の美智流は、他人を無防備に信用することに恐怖さえ覚えていたから、去っていく彼を追うことはできなかった。

恋人がいなくなると、完全にタガがはずれた。

あり余る金を使って、男を買おうと思いたった。とはいえ、ホストの類《たぐ》いは趣味ではなかった。中身のない若い男に体をまさぐられたところで、得られるものは疲労感くらいのものだろう。

そんな話を、銀座にある高級クラブのママに話したところ、紹介されたのが加治だった。加治は当時、別の店で黒服として働いていたのだが、水商売からあがりたがっていた。金を貰って女と寝たことはないが、昼間の仕事を紹介してくれるなら、という条件を出してきた。

美智流はいささか鼻白んだ。

金で女に買われるうえ、条件まで付けてくるとは、生意気な態度である。だが、それが逆に興味を惹《ひ》いた。ホステスを何人もイロカンしているという彼は、ベッドテクに相当自信をもっているようだった。仕事の口を紹介するくらい容易いことだったので、いったいどれほどのセックスが愉《たの》しめるのか、抱かれてみることにした。

ホテルの部屋でふたりきりになり、三時間後には骨抜きにされた。

いま絨毯の上にあお向けに倒れ、恥部も隠すこともままならず、呼吸を整えるだけで精いっぱいの、希子と一緒だ。

希子はいま二十三歳で、当時の美智流は三十五歳だったから、なおさらだった。すでに性感は開花を迎え、女盛りを謳歌するとば口に立っていたから、希子よりもずっと扱いやすかったことだろう。

下着を着けたまま焦らしに焦らされ、全裸にされる前に肉欲の奴隷に堕ちていた。クンニリングスで二回、シックスナインで三回イカされ、挿入されてからは絶頂の数も数えられないくらい翻弄された。

「どんなふうにすればいいか、リクエストはありますか？」

抱かれる前に訊ねられたので、

「めちゃくちゃにして」

美智流は答えた。あとでたっぷり後悔した。

「頭が真っ白になって、なにも考えられないようにしてほしいの。何度も何度も続けてイキまくって、失神するまで気持ちよくしてちょうだい」

実際のところ、美智流は連続でオルガスムスに達したことなどなく、失神した経験もなかったから、比喩的な意味でそう言ったのだ。大げさな口ぶりで、生意気な男を挑発してやろうという悪戯心もあった。

しかし加治は、逞しくみなぎった男根と情熱的な腰使いで、美智流の希望を忠実に叶《かな》えてくれた。

「もう許してっ！　おかしくなるっ……これ以上イカされたら、壊れるっ……わたし、壊れちゃううううっ……」

泣いても叫んでも、体を離してくれなかった。絶頂に達してなお、怒濤《どとう》の勢いで突きまくられるのは苦痛だ。体が敏感になりすぎて、触られるのもつらい部分に男根を抜き差しされるのだから、当たり前である。

しかし、苦痛の果てに訪れる絶頂は、前に訪れた波より遥《はる》かに大きい。想像を絶する愉悦に満ちて、波にさらわれた衝撃たるや、思いだすだけで身震いが走るものである。

「やめてもいいんですか？」

加治は美智流に苦痛の壁を乗り越えさせてから、つまり、連続アクメの寸前まで追いこんでおいて、意地悪く訊ねてきた。

「これ以上イッたらおかしくなっちゃいますか？」

「やっ、やめないでっ！」

美智流は泣きじゃくりながら叫んだ。

「ねえ、おかしくしてっ……おかしくしてちょうだいっ……イカせてっ……イキまくらせてっ……もっと突いてえええぇーっ！」

そういうやりとりを、正常位で、後背位で、騎乗位で、数えきれないほど繰り返した。加治が射精に至り、体の内側で男根がドクドクと暴れはじめた瞬間、オルガスムスの無限の可能性と向きあった。

加治がすべてを漏らしおえるまでの長くて短い時間、この世に桃源郷があったことをまざまざと思い知らされた。雲の上にふわふわ浮かびながら、体がバラバラになっていくような錯覚に襲われた。体がバラバラになっていくことが途轍《とてつ》もなく甘美に感じられ、とめどもなく熱い涙があふれた。女の悦びとは、かくも深く濃いものだったのかと感動していた。歓喜に泣きじゃくりながら、ブラックホールに吸いこまれるようにして、生まれて初めて快楽の果ての失神を経験した。

加治にやさしく髪を撫でられながら眼を覚ますと、大金をつかむということはこういうことなのだ、と美智流は生々しく実感した。

ブランドものを買いあさるより、一本二十万円のシャンパンを何本も抜くより、加治と過ごしたひとときは素晴らしいものだった。桃源郷が味わえた。値段のついた桃源郷だった。

もちろん、この世にはプライスレスの桃源郷だってあるには違いないし、そちらのほうが本流だろう。

しかし、当時の美智流にとって、金で買える桃源郷のほうがリアルであり、必要なものだった。金は稼げばいいが、値札のついていない人間関係は、気持ちひとつで煙のように消えてしまう。

美智流は加治を自分の事務所で雇うことにした。

ただし、彼のセックスに惚れこんだだけなら、そこまではしなかっただろう。

もうひとつ、別の思惑があった。

彼のイロカンのテクニックをビジネスに結びつけようとしたのである。

イロカンというと聞こえが悪いが、タレントとマネージャーができてしまうのは、芸能界ではよくある話だ。できてしまって事務所を飛びだされては困るが、加治はそういうタイプではないと判断した。

寝技で抱きこんだ女でひと儲《もう》けしようと考えるのなら、高給取りのホステスをイロカンしている時点で、とっくに動いている。調べたところ、加治は月に五百万から一千万の売り上げがあるホステスを、十人近く抱えていた。彼女たちを別の店に移籍させれば、それだけで左団扇《うちわ》の生活を送れただろう。

どうしてそうしなかったのか、〈カメリア〉に雇い入れる前、美智流は訊ねた。

「裏切ったり、裏切られたり、ドロドロした人間関係が苦手なんでしょうね」

加治は言葉を選びながら言った。

「だいたい、イロカンって言いますが、私にはそういうつもりはまったくないんですよ。ホステスっていう生業《なりわい》は、どうしたって心にぽっかり穴が空くときがあります。淋《さび》しくてどうしようもなくなるときがある。それを少し、慰めてやってるだけです。特別な報酬を貰ってるわけじゃないし、セックスしてない子にだって、飲みに連れていったり、飯食わせたり、それなりに気を遣ってるんですよ、いちおうは」

美智流はその答えに満足した。ホステスを気遣い、立てることを知っているなら、芸能マネージャーとして充分に成功できる見込みがあると確信した。金に眼が眩んで、平気で人を裏切るような人種ではなさそうだった。

当時の〈カメリア〉は、ワントップの看板女優を引き抜かれたばかりだったので、残りの所属タレントは、正直言ってドングリの背比べだった。新人発掘をしなければならないとも思っていたが、加治に業務を覚えてもらう時間も必要なので、とりあえず手持ちの所属タレントの中から担当を選んでもらうことにした。

「あなたの眼で見て、売れそうな子っているかしら？」

写真とプロフィールを見せると、加治は一枚一枚丁寧に眺めてから、

「この子です」

椎名希子の写真を選んだ。

美智流は正直、ピンとこなかった。なぜ加治が希子を選んだのかわからなかったのだ。曲がりなりにも自分でスカウトした子なので、それなりの素質も感じていたのだが、希子はどうにも欲がなさすぎるから、いつまで経ってもひと山いくらのグラビアモデルに甘んじている。自分からガツガツした上昇志向を示さなくて、上にあがれるほどこの世界は甘くない。

だが、加治が担当マネージャーになった途端、希子は変わった。スカウトしたとき期待していた以上の、輝きを見せるようになった。

早速イロカンでやる気を焚《た》きつけたのかもしれない、と美智流は内心でほくそ笑んでいたのだが、どうやらそうではないようだった。

加治の信じる力が希子に力を与えたのだ。どういうわけか、加治は希子がスターになることを疑っていなかった。その一方で、どんな小さな仕事でも取ってくる、営業努力を怠らなかった。加治もまた、マネージャーにスカウトしたとき期待した以上の働きを、美智流に見せてくれたのである。

それから三年後の現在、ひと山いくらのグラビアモデルと素人マネージャーのコンビは、〈カメリア〉の稼ぎ頭になった。ＣＭやドラマの主役が決まれば、女優としてブレイクするかもしれないところまで来ているので、眼を見張るほどの躍進を遂げたと言っていい。

ただ……。

美智流はここ何カ月か、ある種のジレンマを感じていた。仕事のステージがランクアップするとき、タレントは恍惚と不安を同時に覚えるものだ。成功と失敗を交互にイメージしては、プレッシャーに押しつぶされそうになる。希子はちょうど、そういう時期に差しかかっていた。

なのに、加治は相変わらずイロカンをしていないようだった。いったいどういうことなのだろうと思った。

日々の多忙にストレスを感じはじめた女性タレントが、恋やセックスに逃げ道を求めようとするのは、ありがちなことだ。逃げ道を見誤って将来を潰してしまった例は、枚挙に遑《いとま》がない。

抱いてやればいいではないか、と正直言って苛々していた。愛がなければ女を抱けないとでも言うなら話は別だが、加治はそういうタイプではない。現に美智流とも月に二、三度のペースでベッドインしている。

加治のセックスがどういうものなのか、美智流はよくわかっていたから、なおさらジレンマを感じずにはいられなかった。加治に抱かれれば、若い希子はきっと夢中になる。愛だの恋だのではなく、味わったことのない肉の悦びに夢中になり、それでストレスを解消することができる。

希子にはセックスのガス抜きが必要ないと判断しているのかもしれなかったが、それなら初歩的な判断ミスだった。ホステスにどうしようもなく淋しいときがあるように、タレントにもすべてを忘れるオルガスムスが必要なときがあるのである。

加治は話してわかる男ではなかった。

希子を抱いてやれと言って抱くような男なら、とっくにそう言っていた。三年間一緒に働いてきてわかったことだが、裏方仕事をコツコツと積み重ねる性格は、頑固一徹さと裏腹だった。加治はある意味、セックスの対象にもできないくらい、希子に深い思い入れがあるらしい。

その思い入れが、これまではプラスの方向に出てきたが、これからは裏目に出てしまうかもしれない。最近の希子が、ミュージシャンや若手俳優に色目を使っていることは、薄々勘づいていた。いま手を打っておかなければならない、と美智流は思った。CMが決まり、ドラマに出演するようになってからスキャンダルを起こせば、再起不能になる。いまならば、少しの火傷を負ったところで、世間に知られず癒やすことができる。

「光石誠ってカメラマン、知ってる？」

あるとき、希子を呼びだしてふたりきりで話した。

「はい。若手なのにすごい売れてる人ですよね。知ってますよ」

「その売れっ子に、いま写真集のオファーを出してるの」

「ホントですか！」

希子は猫のように大きな眼をキラキラと輝かせた。

「わたし、あの人に一度でいいから撮られてみたいって思ってたんです。グラビアを見てていいなと思うと、たいてい光石さんの撮影だったりするから」

「でも、スケジュール調整が難しいらしくて、交渉が難航してるのよ」

「……なあんだ」

「そんなにがっかりしないで。チャンスはあるんだから。今度、映画祭のパーティに来るみたいだから、あなた直接会って気に入られなさい」

「それって……」

希子は瞳を曇らせた。

「もしかして……色仕掛けしろってことでしょうか……」

「馬鹿ね。そんなこと言ってないでしょ。だけど、個人的に仲良くなっちゃえば、彼だってやる気になってくれると思うのよ。なんていうのかしら、これはわたしの直感なんだけど、あなたと光石さんって、すごくハマると思うのよね。男と女として、ものすごく相性がよさそうな気がするの」

「はあ……」

希子は曖昧《あいまい》な顔で首を傾げていたが、言われたことはしっかり守った。映画祭のパーティの席で、露出度の高いドレス姿で近づき、見事に気に入られてきた。

美智流の直感は当たったのである。

自分でも怖いくらいだった。

希子を光石に接近させた理由は、相性がよさそうだと感じたからだけではない。光石の真っ直ぐな性格まで見越してのことだった。被写体としてではなく、女としての希子に惚れこめば、猪突猛進で結婚を口にするような男に見えたのである。

ズバリ的中した。

すべては美智流のシナリオ通りだった。

希子が結婚を口にすれば、さすがの加治も黙っていないだろうと思った。伝家の宝刀を抜いて、希子を自分の腕に取り戻そうとするに違いなかった。

雪山で遭難中にクライマックスを迎えてしまったことだけが誤算だったが、はっきり言って、その誤算すら吉と出た。普通ではない状況が、登場人物の感情を揺さぶり、とくに加治が本性を現しやすくなった。暴力まで振るってしまったので、後始末が大変そうだったけれど、それは金銭で解決すればいい。あそこまで壮絶にイキまくる希子の姿を目の当たりにしてしまえば、光石だって未練は残らないだろう。

加治は本当にいい仕事をした。

そして光石は、見事に当て馬を演じてくれた。あまりに見事すぎて、笑いをこらえるのが大変だったくらいである。

「ううう っ……」

ようやく希子が体を起こしたので、

「大丈夫?」

美智流は自分のシルバーフォックスのコートで希子を包みこみ、ソファまで抱えてきた。肩を抱いたまま並んで腰をおろしたが、大丈夫ではなさそうだった。人に見せてはならない、女としてもっとも恥ずかしい姿を見せてしまったのだから、それも当然だろう。呼吸が整っても、気持ちが回復するには時間がかかりそうで、顔をあげることができず、うつむいてむせび泣いている。

(それにしてもねえ……)

オルガスムスをむさぼった直後の女とは、これほどまでに色っぽいものなのかと、美智流は希子の横顔に見とれてしまった。綺麗な栗色に染められた髪はざんばらに乱れ、撮影用に施したメイクは汗でほとんど流れてしまっているのに、むせかえるような色香が漂ってくる。

眼前で披露された希子の痴態が、美智流の脳裏にフラッシュバックした。

乳首をいじられて悶えている姿は可愛らしかったし、イラマチオで口唇を犯されている姿には若々しい艶があった。なにより、光石の顔に潮を吹いてから、四つん這いで突きまくられたクライマックスは圧巻だった。加治は美智流にもしたことがないスパンキングプレイで二十三歳の可愛い桃尻を叩きながら、続けざまに希子をオルガスムスに昇りつめさせた。

（スパンキング、か……）

そういえば、美智流も少しだけ、希子の太腿や乳房を叩いた。手のひらに感触が蘇《よみがえ》ってきて、顔が熱くなる。いままで女を叩いた経験などなく、もちろん同性愛の経験もないけれど、希子を平手で叩いたときは、異様な興奮がこみあげてきて、ついつい力を込めてしまった。

おそらく、クンニリングスで悶える希子が可愛らしかったからだ。少しだけ嫉妬《しっと》もあった。愛がないとはいえ、いつもは自分の恥部を這っている舌が別の女のクリトリスを舐め転がしていたのだから、しかたがないだろう。

だが嫉妬以上に、手を出したくなる魅力が希子にあったのだ。叩くだけではなく、若さあふれるむちむちした乳房を揉みしだき、ピンク色をした乳首を吸ってみたかった。そういう衝動が異様に思えるだけの理性は保っていたので、実際には行わなかったが、衝動がこみあげてきたことは事実だった。

加治はすでに服を着け、椅子に腰かけていた。いつもどおりのポーカーフェイスを装っていても、荒淫の残滓《ざんし》だろう、横顔に影が差している。罪悪感があるのかもしれない。あれだけのセックステクをもちながら、加治は自分から女を求めない。求められれば応じるが、結果として罪悪感をもつ。不器用な男なのだ。おそらく、水商売から足を洗いたくなったのも、ホステスと寝すぎた罪悪感に耐えられなくなってしまったからだった。本人にその意識はなくとも、イロカンはイロカンだ。

「あなたは間違ってないわよ」

と言ってやりたかった。実際、加治が奮い立ってくれたことで、すべてが丸く収まり、未来は輝けるものとなった。希子はこれから脇目もふらず仕事に没頭してくれるだろうし、彼女が芸能界で成功することは、すなわち加治にとっても、もちろん美智流にとっても、夢を叶えることなのである。

また、極限状態を共有したことで、三人の結びつきは仕事仲間の範疇《はんちゅう》を超え、家族以上になったとも言える。あそこまで女としての恥という恥をさらしてしまった以上、希子はもはや、加治や美智流に隠すことはなにもない。これから売れていこうというタレントにとって、すべてをさらけだせる相手がいるということは、なににも増して力強い心の支えになるに違いない。

（なんだったら……）

自分も希子に、女としてもっとも恥ずかしいところを見せてもいいと思った。

朝までには、まだたっぷりと時間がある。

睡眠欲も空腹感も、いまの出来事の前に吹っ飛んで、すでに遠いものになっていた。朝まで黙って座っているのは、苦行にも等しい。ならばギャラリーの光石に、淫ら芝居の第二幕でも披露したほうが愉しめるのではないだろうか。

自分の思いつきに、美智流の背筋はゾクリと震えた。

今度は自分も入って3Pを行うのだ。

いままで3Pの経験なんてないし、経験したいと思ったこともない。

しかし、希子となら、オルガスムスの頂点であれほどの輝きを見せた彼女と一緒なら、初体験の3Pを味わってみるのも悪くはないと思った。

おそらく、同じ男に抱かれたという事実が、アブノーマルな複数プレイに対する抵抗感を薄めたのだろう。

四つん這いになって加治の男根で貫かれ、ひいひいと喉を絞ってよがり泣いていた女は、希子であると同時に、自分でもあった。美智流はオルガスムスをむさぼる希子の姿に、自分を重ねあわせていた。

だから、加治の男根で貫かれた女陰を舐めることくらい、できそうだった。

挿入前に見た希子の花は、白濁した本気汁まで漏らしているにもかかわらずとても清らかで、思わずまじまじと見つめてしまったものだ。薄桃色に輝いていたあの清らかな粘膜が、硬く野太い肉の凶器で犯し抜かれたあと、どういう状態になっているのか興味があった。赤く爛れているなら、やさしく舐めて癒やしてやりたい。

そのかわりに、加治には自分の股間を舐めてもらう。ふたりの荒淫を目の当たりにし、熱く疼いている柔肉をたっぷりと舐めまわしてもらいたい。

となると、加治の男根を咥えてしゃぶるのは希子の役目だ。

オーラルセックスで三人が輪になり、三人で身悶えているところを想像すると、胸がドキドキした。おぞましき3Pまで演じてなお、愉悦を分かちあうことこそ、この裏切りと暴力と激しいまでのセックスが交錯した物語の、真のクライマックスに相応しいのではないだろうか。

希子の横顔をのぞきこんだ。「えっ、えっ」と嗚咽をもらしている唇が、サクランボのように赤くて可愛らしい。思わずキスをしてやりたくなる。

（馬鹿ね。わたし、なに考えてるんだろう……）

異常なことだった。

妄想も異常なら、妄想に興奮していることも異常であり、それはおそらく、雪山に閉じこめられたこの状況が異常だからだ。

いまならなんでも起こりそうな気がする。きっかけさえあれば、本当に3Pが始まってしまいそうな雰囲気が、どこかにある。それがいいことなのか悪いことなのか、にわかには判断できなかったが……。


風がまた強くなった。

蝶番《ちょうつがい》の壊れた玄関扉をバタバタと鳴らし、廊下に強く吹きこんできてはヒューヒューと嫌な音をたてる。

（そろそろ服を着せても大丈夫かしら……）

美智流は希子の横顔をうかがった。もう泣きやんでいたが、それでも毛皮に包んだ肩が震えている。

やはりキスをしてやりたくなるほど可愛い顔をしていたが、風の音が現実感を取り戻させてくれた。いくら遭難したとはいえ、いや、遭難したからこそ、所属タレントに風邪などひかせては管理責任が問われてしまう。少し気分が落ち着いているなら、服を着せてやったほうがよさそうだ。

ところが、そのとき——。

ドカッ、とけたたましい音をたてて、部屋のドアが開いた。

風ではなかった。

男が立っていた。

仰ぎ見るような大男だ。

加治と同じくらい上背があり、ダウンジャケットに包んだ体には横幅もあった。頭に粉雪を被って、ふうふうと息を荒げていた。

「なんだ？」

加治がすかさず立ちあがり、男につめ寄ろうとしたが、次の瞬間、動きがとまった。

男が肩に担いでいた猟銃を構え、加治に銃口を向けたからである。

「熊でも倒せる散弾銃だべ」

男は息を荒げながら言った。

「よく考えて行動すんだな、命が惜しいならばよ」

「なぜ銃を向ける？」

さすがの加治も、声をひきつらせていた。

「もしかして、この家の持ち主……あるいは管理人か？　私たちは遭難者だ。別荘荒らしじゃない。話せばわかるから、銃をおろしてくれ」

男は構えた銃を微動だに動かさず、視線だけを動かした。美智流を見て、美智流が抱きかかえている希子を見た。それから、床に転がっている光石を見た。男の表情がにわかに険しくなった。芋虫のように縛りあげられている男について、加治も美智流も言い訳できなかった。

「女よ」

男が美智流を見た。

「こっちさ来い」

美智流は動けなかった。

「こっちさ来いと言うてるべ。来なけりゃひきがね引くど」

「ううっ……」

男の眼は極端に小さく、なめし革のように分厚い顔の皺に埋まりこんでしまいそうだったが、ギラギラと輝いていた。その眼と荒ぶる呼吸から、ひどく切迫した気持ちが伝わってきて、美智流は恐怖を覚えた。

だが、こういう状況で恐怖に震えあがっていれば、足元を見られるだけだ。

美智流は努めて冷静な表情で息をひとつ吐きだすと、

「大丈夫だからね」

毛皮に包まれて怯えている希子にささやき、ソファから腰をあげた。希子にではなく、自分に言い聞かせたようなものだった。

男は三十代後半から四十代前半。都会に生きる自分たちとは違う、野性の匂いがした。もっとはっきり、獣じみて見えたと言ってもいい。近づいていくと、視線で加治を威嚇しながら、ガムテープを投げてよこした。

「それでこん男さ縛れ。動けないようにするだ」

美智流が躊躇うと、

「早くするだ！」

男は怒声をあげ、銃口を美智流へ向けた。男からはやはり、ひどく切迫した気持ちが伝わってきて、美智流は命じられた通りに体を動かすしかなかった。

床にふたりの男が転がった。

光石と加治である。

「よし」

男はガムテープでぐるぐる巻きにされ、口まで閉じられた加治の様子を確認すると、今度は希子に近づいていった。

「いっ、いやっ……」

希子は瞳を凍りつかせ、毛皮のコートの中で必死に体を丸めた。丈の長いコートなので、小柄な希子の体はすべて隠れている。しかし、その下はショーツ一枚着けていない、生まれたままの姿なのである。

「ほーう」

男は希子の顔をのぞきこんで溜息をついた。

「こりゃあ、めんこい。とびきりだべさ。だども、なぜ泣いてる？　男のひとりは最初から縛りあげられていたし、けっこうな修羅場を演じてたわけか？」

希子も美智流も気まずげに顔をそむけたので、

「まあ、どうでもええが」

男は苦笑した。

「にしゃらの素性なんて関係ねえ。どうだってええが……」

小さな眼が淫靡に光り、希子と美智流を交互に見た。荒ぶる吐息に、生ぐさい臭いが含まれているようだった。

「わかるだんべい？　体が高ぶってどうしようもねえんだ。やらせてけろ。ふたり一緒でもかわりばんこでもかまわねえ。この世の見納めに、ちょっとばかりいい夢を見させてほしいんだば」

「なにを言ってるの？」

美智流は声を震わせた。なるほど、男が切迫していた理由がようやくわかった。下界で抜き差しならない犯罪を犯し、山に逃げこんできたのだろう。しかし、逃げきれないと悟り、死を覚悟するしかなかった。

そんなとき、暖をとろうと入った半壊の別荘で、自分たちを発見したのだ。死を覚悟していれば、これ以上罪を重ねるのも同じ。もしかすると、捕まれば二度と娑婆《しゃば》には出てこられない、凶悪犯罪を犯してきたのかもしれない。

「グフフッ、ならば、まずは若いほうからいただぐが……」

男がからかうように希子の顔をのぞきこむと、

「いやっ！」

希子は必死になって顔をそむけた。すると男は、ますます嵩に懸かって息がかかる距離まで顔を近づけ、希子を嬲りたてる。

「めんこい顔してても、ベッチョの味は知ってるんだべ？　ああん？」

下劣《げす》な笑みを浮かべてささやかれ、

「や、やめてくださいっ……」

希子はいやいやと首を振り、男の顔から離れようとする。

（まずいわね……）

このままでは大事な商品が穢されてしまうと、美智流の背中には冷や汗が流れていった。ただでさえ、自分や光石の前で加治に抱かれ、若い彼女は傷ついている。やさしくフォローしてやらなければならないときに、野蛮な犯罪者などに犯されたりしたら、心が壊れてしまうかもしれない。

しかし、抵抗しようにも身がすくんでなにもできなかった。

男のターゲットが、希子だけではないようだからだ。

希子が犯されたあと、男の毒牙《どくが》が自分に向けられると思うと、凍てつくような恐怖にとらわれてしまう。

美智流は自分のプライドの高さを、自分でよくわかっていた。衆人環視の中、力ずくで犯されて、正気を保っていられる自信などない。なにもできなかったのはたぶん、そのときが一秒でも遅くなればいいという無意識の判断だろう。

（どうしよう……どうしたらいいの……）

頼みの綱の加治は、ガムテープでぐるぐる巻きにされ、床に転がされていた。美智流が自分の手でそうしたのだ。口もガムテープで塞いだので、真っ赤な顔で眼を見開き、鼻息ばかりをふうふうと荒げている。

「グフフッ、本当にめんこい子だば。誰かに似てるっぺ？　芸能人の……」

男が指先で栗色の髪をかきあげて顔をのぞきこむと、

「うんぐぐっ！」

加治が鼻奥でうめきながら暴れだした。芋虫のような状態にもかかわらず、海老のように体を跳ねさせて男ににじり寄って行こうとする。

「ああーん？」

男は顔を向けて眉をひそめると、次の瞬間、身を躍らせて加治を蹴った。巨漢にもかかわらず、動きは俊敏だった。サッカーボールを蹴るように、ドスッ、ドスッ、と鈍い音をたてて、防寒ブーツの爪先を加治の腹にめりこませた。

「うむぐっ……ぐぐっ……」

加治は苦悶にのたうちまわり、男が執拗に蹴りあげると、やがて動けなくなった。先ほど、加治が光石を蹴りあげたとき以上に、容赦ないやり方だった。

「……乱暴なことばしたぐねえんだよ」

男は独りごちるように言うと、ハアハアと呼吸を荒ぶらせながら、美智流と希子を交互に見た。

「オラ、この世の見納めに、ベッチョしたいだけなんだば。わかるだんべい？　もうなにもかもおしまいなんだば。にしゃらだって……」

「わかりました！」

美智流は男の言葉を遮って、金切り声をあげた。そういう声をあげたかったわけではなく、緊張が声音を何オクターブも高くした。

「だったら、わたしが相手をする。わたしが愉しませてあげるわよ」

震える足を、男に向けて一歩踏みだした。加治の蛮勇に満ちた行動が、美智流を奮い立たせたのだ。抵抗しても嬲りものにされるだけだと、加治はわかっていて抵抗した。抵抗せずにはいられなかったのだ。

希子に手を出すな！　と加治は心で叫んでいた。ガムテープでぐるぐる巻きにされ、無慈悲に蹴りあげられてなお、心で叫んでいた。

肉体関係を結んだからではないだろう。加治にとって希子は、夢なのだ。心を鬼にして抱いたのだって、希子をスターにしたい一心からなのだ。

その思いを無駄にしてはならなかった。もちろん、自分が先に犯されたところで、次には希子が犯されるかもしれない。

しかし、時間は稼げる。奇跡が起こって、助けが来てくれる可能性だってゼロではない。そのとき希子が犯されて自分が無事だったら、加治に合わせる顔がなくなってしまう。

「その子はネンネちゃんなのよ……」

希子を横眼で眺めてから、挑発的な表情を男に向ける。

「若いだけのマグロの子なんて、抱いたって面白くもなんともないでしょ。その点、わたしならいろんなサーヴィスしてあげるわよ」

「……ほう」

男は眼を輝かせ、卑猥な笑みを口許にこぼした。シルバーグレイのパンツスーツに包まれた美智流の体を、上から下まで舐めるように眺めまわした。

「そりゃあ、面白そうだべ。こちとらも、どっちかっていえばネンネちゃんより熟女のほうが好みだからよ。それもあんたみたいに綺麗な格好してツンツンしているタイプが、ストライクゾーンのど真ん中なんだば……あっちさ行ってろ」

男は希子を部屋の隅に追いやると、

「来いよ」

美智流に手招きして、ダウンジャケットを脱いだ。セーター姿になった男に、美智流は圧倒された。首が太いのはわかっていたが、二の腕も驚くほど太く、胸の筋肉が尋常ではなく分厚い。厚手のセーターを着ているのに、筋骨隆々であることが生々しく伝わってくる。

まさに野獣だった。

こんな男に犯されるのかと思うと、気が遠くなりそうだった。両膝が激しく震えだし、歩きだすことが難しかった。それでも歩きださなければならない。自分の体で満足させ、希子には興味が向かないようにできれば、上等だった。幸い、加治は気絶しているし、希子は顔をそむけてくれている。光石はいい気味だと腹の中で笑っているかもしれないが、かまっていられない。

美智流は仁王立ちになっている男のすぐ側まで近づくと、

「もう物騒なものはおろしたら」

肩に担がれている猟銃を一瞥《いちべつ》し、男を見た。本当に大きい。踵《かかと》の高いパンプスを履いている美智流は、身長百七十センチ近いはずなのに、それでも見上げる大きさだ。

「ふふんっ」

男がどうしたものかと逡巡《しゅんじゅん》しているので、

「こっちのピストルを使ってくれるんでしょ？」

美智流は芝居がかったねっとりした口調でささやきながら、男の股間に手を伸ばした。ウールのズボンに包まれたイチモツは、まだ臨戦態勢を整えていなかった。それでも、やわやわと揉みしだくと、次第に大きくなってきた。

「オラのはピストルじゃなくて大砲だば」

男が下卑た冗談を口にしたので、美智流は心の中で思いきり嘲笑《ちょうしょう》を浮かべた。それが精いっぱいの抵抗だった。

「失礼します」

男の足元にひざまずき、ベルトをはずす。

「ほう、フェラしてくれるのかい？」

男は楽しげに笑った。

「断っておくがよ、嚙みついたりしたら、この部屋にいる全員、蜂の巣にしてやっからな」

「そんなことするわけないでしょ」

美智流は上目遣いで笑い返した。自分ひとりならともかく、希子が殺されてしまうリスクを冒せるわけがない。

「わたしはもう、覚悟を決めたのよ。覚悟を決めた女の舌使いを、存分に愉しんでちょうだい」

ズボンのボタンをはずし、ファスナーをさげる。覚悟を決めたはずなのに、指先がどうしようもなく震えてしまう。

「……えっ？」

ズボンとブリーフをめくりおろした美智流は、瞬間、固まってしまった。

ダラリと下を向いたペニスが、あまりにも大きかったからである。まだ半勃起状態だったが、美智流の視線と息遣いを浴びてむくむくと鎌首をもたげるや、眼を見張るほどの長大さと野太さを誇示し、大げさではなく天空を突く竜のごとき勢いで勃起しきった。

（う、嘘でしょ……）

誘惑芝居を続けられないほど、美智流は衝撃を受けた。たしかに、ピストルではなく大砲だった。加治のイチモツも大きいほうだが、それに倍する迫力があり、一見して、上の口にも下の口にも入りきらないようなサイズなのである。

おまけにみなぎり方がすごい。ドス黒い表面に血管が浮きあがった様子が異様にゴツゴツしていて、こんなもので貫かれたら、壊れてしまうのではないかと思った。性器というより、まがまがしい肉の凶器そのものだ。

「グフフッ、どうした？」

男が勝ち誇ったように笑う。

「舐めてくれるんじゃなかったのけ？　まあ、オラのもんを見た女は、たいてい怖じ気《おけ》づくものだがね。心配することはねえべさ。ベッチョは赤ん坊の頭が出てくるところなんだからよ、オラのチンポくらいずっぽり咥えこんで、気がつけばあんあん悶えてるば」

「ううっ……」

たまらず美智流が顔をそむけると、

「それともよ」

男は言った。

「先にあっちのネンネちゃんを犯したほうがいいかい？　ネンネちゃんでもオラのもんが咥えこめるところを見れば、もう怖くないものな」

「な、なにを言ってるの……」

美智流は挑むように男を睨んだ。顔がこわばり、頬がピクピクと痙攣していたが、必死になって虚勢を張った。

「ちょっと大きなオチンチンだったから、驚いただけじゃないの。ご立派なお道具のことで、あとが愉しみだわ」

言いながら、肉竿に手を添えていく。太さと硬さが、鼓動を乱す。本当にこんなもので貫かれるのかと思うと、伸ばした舌も縮みあがってしまう。

「うんあっ！」

それでも懸命に舐めはじめた。サイズだけではなく、濃厚なホルモン臭にたじろいでしまいそうになる。ねろり、ねろり、と舌を這わせるほどに、ズキズキと熱い脈動を刻みはじめ、臭気がどんどん強まっていく。

「なかなかうまいのう」

男はニヤニヤと下卑た笑いを浮かべている。

「しかしちょっと生ぬるいんじゃないかい？　挑発的な態度のわりには……」

「そうかしら？」

美智流は涼しい顔で答えつつ、必死になって舌を這わせた。亀頭に唇を押しつけ、チュッチュと吸った。舐める面積が異様に広いから、唾液の分泌が間に合わない。舐めれば舐めるほど、口の中が乾いていく。

「生ぬるいと言ってるだんべい」

男は唸るように言うと、長大なイチモツを揺らして、美智流の顔をピターンと叩いてきた。

「ああっ、いやっ……」

美智流は驚いて顔をそむけようとしたが、髪をつかまれていて逃げられなかった。ピターン、ピターン、と顔にペニスが襲いかかってくる。なにしろ長大なので、野太いくせに鞭《むち》のようにしなり、頬やおでこを叩かれれば熱くなり、鼻を叩かれるときなくさい臭いがした。

（こんな……こんな屈辱……初めてよ……）

好き放題にペニスで顔を叩かれながら、美智流は泣きだしてしまいそうだった。ベッドの上で、美智流はいままで一度として男の風下に立ったことはないのだ。

相手が年上であろうが年下であろうが、お姫様扱いしてくれる男にしか体に触れさせたことはない。愛撫が乱暴な男や、褒め言葉が足りない男は、途中でベッドから放りだす。加治の場合だけが唯一の例外だが、彼は雇っているのである。金を払ってめちゃくちゃにしてほしいと頼んでいるのだから、やはり自分のほうが風上だ。

しかも顔は女の命である。

それをこんなふうに嬲りものにするなんて考えられない。

「く、咥えさせてちょうだい」

根元をつかみ、挑むように男を見上げた。

「ほう」

男が笑う。

「そんなお上品な口で咥えてくれるのかえ？　さすがに無理だろうと思って、別の愉しみ方にしてやったのに……まあ、できると思うならやってみればいい」

「できるわよ。できるに決まってるじゃない」

美智流はフェラチオに自信があった。もともと好奇心も探求心も旺盛《おうせい》なほうなので、若いときにテクニックを磨くことに夢中になっていた時期があり、付き合う相手、付き合う相手に、泣いて悦ばれているほどなのだ。

それに、まず男の足元にひざまずき、フェラチオを施そうとしたのは、自分を貶めたり、忠誠心を見せるためではなかった。できることなら、口で一度射精に導いてやろうという目論見があったからである。

そうすれば、服を脱がされることを一秒でも先送りにできる。こんな男に素肌をまさぐられるくらいなら、口腔愛撫で抜いてやったほうがまだマシだった。いささかサイズが大きいくらいで、尻込みするわけにはいかないのだ。

「……ぅんあっ！」

唇をＯの字にひろげて、亀頭にかぶりついた。ねろねろと舌を動かしながら、少しずつ深く咥えこんでいく。いくら大きいとはいえ、亀頭くらいは口に入る。そして男の器官のいちばんの急所は、カリ首の裏側だ。その部分を唇でぴっちりと包みこみ、頭を振って刺激してやる。

「むううっ……」

男はさすがに唸り、顔を赤々と上気させていった。チャンスと見た美智流は、口内で必死に唾液を分泌させ、粘らせた。その唾液ごと、じゅるっ、じゅるるっ、としゃぶりあげてやった。このやり方で、音をあげない男はいなかった。同時に右手ですりすりと根元をしごき、左手で玉袋をあやしてやる。じゅるっ、じゅるるっ、としゃぶりあげては、ねちっこい舌使いでカリ首中心に舌を這わせる。

「むううっ……むううっ……」

男の鼻息が荒くなった。男の容姿から察するに、女に困っていないタイプではないだろう。しかも、凶悪犯罪を犯すような局面を生きてきたとなれば、相当に溜まっていてもおかしくない。

「ねえ……」

美智流は上目遣いで甘くささやいた。

「このまま出してもいいわよ、お口に……ぅんあっ！」

亀頭を咥えこみ、頭を振りたててカリ首に集中攻撃を仕掛けていく。じゅるじゅるっ、じゅるじゅるっ、と卑猥な肉ずれ音をたてて、クライマックスに導いていく。

だが……。

「なかなか気持ちええが、その程度じゃ出せないべ」

男は喉奥でクックと笑うと、美智流の頭を両手でつかんだ。ぐいぐいと腰を使いはじめ、長大なペニスを抜き差ししてきた。

「うんぐっ……うんぐううーっ！」

美智流は鼻奥で悶え、眼を見開いた。顎がはずれるくらい口を開いているのに、ペニスはまだ半分ほどしか咥えこめていなかった。ずぼずぼと口唇をえぐられると、息苦しさに見開いた眼から涙があふれてきた。

「グフフッいい顔になってきたど」

涙を流している美智流の顔を見て、男は小さな眼をたぎらせた。火傷しそうなほど熱い視線で、顔中をむさぼり眺めてきた。

「オラはなあ、にしゃみたいな生意気な女が大嫌いなんだよ。大嫌いだが、センズリのオカズはいつだってそういうタイプでな。オラをつまはじきにした女教師とか、テレビで偉そうなことばっかり言ってるキャスターとか、そういう女をギトギトに犯しまくる妄想で、毎日毎日センズリこいてるのよ」

言いながら、腰を振りたてる。限界までひろげている口を、さらにむりむりと押しひろげて、亀頭を喉まで届かせる。

「ぅんぐっ！　ぅんぐうううーっ！」

美智流は眉根を寄せて悶絶し、涙を流しつづけた。息ができなかった。口を塞がれても鼻があるが、喉まで異物を押しこまれてみれば、とても鼻呼吸などできなかった。その鼻先を、からかうように陰毛でくすぐられた。眼の前が暗くなっていく。このまま気を失ってしまうのだろうと覚悟し、もはや失神だけが甘美な救いの道に思われたとき、男はようやく長大なイチモツを引き抜いた。

「……ぅんあっ！」

「グフフッ、そう簡単に失神なんてさせてやらないよ」

絨毯に両手をつき、ゲホゲホとむせている美智流の背中に、男は吐き捨てた。

「なにしろこいつは、この世の見納めなんだば。パーティはまだ、始まったばかりよ。まあ、失神なんかしたら、ネンネちゃんに相手してもらうだけだが……」

「ううっ……ううう……」

男の高笑いを背中に浴びながら、美智流は深く絶望した。

気を確かにもっていなければならないと思った。

たしかに自分が気を失えば、希子が犯されるだけなのだ。

　男は猟銃を床に置いた。

　靴とズボンとブリーフを脱ぐと、長大な巨根をそそり勃てたまま、ソファに腰をおろした。

「さあて……」

　呼吸が整ってきた美智流を手招きした。美智流がよろよろとソファに向かい、隣に腰をおろすと、怯えてすくめている肩を抱き、顔をのぞきこんできた。

「それじゃあ、じっくり愉しませてもらうべ……」

「……ぅんんっ！」

　唇を重ねられ、ネチャネチャと舌をからませてくる。戸惑う暇もなく、男の手はジャケットの上から乳房をまさぐり、揉みしだきはじめた。

「グフフッ、細身に見えるのに、おっぱいはなかなか大きいじゃないか。大きくて柔らかい。さすが熟女だば……」

　男は着衣の上からの品定めではすぐに満足できなくなり、ジャケットのボタンをはずした。シルバーグレイのスーツが脱がされていった。下は白いブラウスだった。それもすぐに脱がされて、黒いレースのブラジャーが露わになる。

「いっ、いやっ……」

　美智流は顔をそむけて唇を嚙みしめた。昔から下着には贅沢《ぜいたく》をするほうで、その黒いレースのブラジャーは、あまたあるコレクションの中でもとくに気に入っているほうだった。

イタリア製のレースがゴージャスで、上半分がシースルーになっている。立体裁縫のデザインが、生身よりも乳房の形を悩ましく寄せあげ、我ながらセクシーだと思うが、見られるのはやはり恥ずかしい。

「色っぽいのう……」

男は小さな眼を細めたホクホク顔で、ブラジャーの上から乳房を無遠慮に揉みしだいてきた。

「あああっ……」

美智流は苦悶にあえいだ。雪山で出くわしたこんな無法者に揉ませるために、お気に入りのブラジャーを着けてきたわけではなかった。温泉宿に泊まる予定だったので、希子に大人のランジェリーを見せてやるつもりだったのだ。

「たまらん乳じゃないかよ。さすがに自分から誘惑してきただけのことはある……」

美智流の気持ちも知らぬげに、男は乱暴にブラジャーをはずすと、グローブのように野太い指を白い乳肉に食いこませてきた。ぐいぐいと揉みしだいては、乳首を吸いたててくる。

「あああっ……」

あえぐ美智流をソファに押し倒し、男は馬乗りになってきた。両手を使ってこねるように乳房を揉むそのやり方は、愛撫というより性感を直接まさぐるようなやり方だった。揉みながら痛烈に乳首を吸い、舐め転がしてくる。

進め方が異様に速かった。

このところ、加治の真綿で首を絞めるような愛撫に慣れていたので、翻弄された。あっという間に、淫らな嵐に呑みこまれてしまった。

「むううっ……なんて揉み心地のいい乳だべ。搗《つ》きたての餅《もち》みたいじゃないかよ。乳首もいやらしいな。もう飛びだしてきたぞ。いいのか？　気持ちいいのか？」

「あああっ……はぁあああっ……」

美智流の呼吸は切迫していった。決して気持ちがいいわけではなく、おぞましいばかりの乳揉みなのに、体が反応してしまう。先ほど、加治と希子のまぐわいを見て興奮した残滓が、体の芯に残っているのだ。くすぶっていた欲情が、再び炎をあげて燃え盛りだしてしまった。

「下はどうだべ？」

男はギラギラと顔をたぎらせてパンプスを脱がせ、シルバーグレイのパンツを脚から抜いた。ナチュラルカラーのパンティストッキングの下で、黒いレースのハイレグショーツが、股間にぴっちりと食いこんでいる。

「エロいな……」

男は熱っぽくささやくと、グローブのような手を太腿に這わせてきた。

「パンストってやつは、どうしてこんなにエロいんだろうな。とくに、にしゃみたいな高めの熟女が穿いているとエロい。この、真ん中の縫い目がエロすぎるべ……」

センターシームに指を這わされ、

「くっ……」

美智流はひきつった顔をそむけた。男の指は野太かったが、動きは繊細でねちっこかった。センターシームをなぞるように、臍の下から股間に向けて這っていく。こんもりと盛りあがったヴィーナスの丘を、ねちり、ねちり、と撫でさすられると、美智流の腰は揺らめきそうになった。

その奥こそ、先ほどまで熱く疼いていた部分だった。四つん這いになって加治に後ろから突きまくられる希子を見て、恥ずかしいほど濡らしてしまった部分だった。ねちり、ねちり、と指が丘を撫でさすり、じわじわと下に向かってくる。丘の麓で、意地悪く指をブルブル震わせる。

「くううっ……あああっ……」

クリトリスの位置を正確にあてられてしまい、美智流は顔を歪めた。男の指は野太いので、ブルブルと震わせられると、さながらヴァイブレーターをあてがわれたような、いや、その震動の大きさから電気マッサージ器すら彷彿とさせる、淫らな刺激が襲いかかってきた。太腿をぴったりと閉じていても、ブルブルと震動が伝わってくる。二枚の下着をやすやすと通過して、女の官能を司るクリトリスを熱く燃えあがらせていく。

「あああっ……くぅううっ……くぅううううっ……」

美智流は身をよじって悶絶した。クリトリスに襲いかかってきた熱気は、みるみるうちに体の隅々まで波及し、全身から発情の汗が噴きだした。

「敏感なんだな？」

男がニヤニヤ笑いながら顔をのぞきこんできたので、

「ち、違うっ……」

美智流は首を振りたてた。

「照れるなよ。こうなった以上、愉しんだほうがお互いのためよ。燃えまくって濡らしまくらないと、オラの大砲を受けとめきれないしな」

「くうううっ！」

男の指が割れ目の方まですべり落ちてきた。いままでに輪をかけて、ねちっこく撫でさすられ、

「ああっ、いやっ……いやああっ……」

美智流は身をよじって、男の手を太腿に挟んだ。ニヤニヤ笑いかけられ、美智流は顔から火が出そうになった。まるで、いやよいやよも好きのうちを地でいくようなことをしている。男が笑っているのは、彼の眼にもそう映っているからだ。

「熱いよ、むんむんしてるよ」

男は美智流の足元にしゃがみこみ、ストッキングに包まれた両脚を恥ずかしいM字に割りひろげた。

「あああっ……」

美智流は自分の顔が真っ赤になっていくのを感じた。M字開脚が恥ずかしかったから、だけではない。その中心で、まだ黒い薄布に包まれている部分から、獣じみた発情の芳香がむんむんとたちこめているのが、自分でもわかったからだ。

「匂う、匂うぞ」

男は美智流の股間に鼻を近づけた。

「たまらん匂いだ……これぞ女の匂いだ……」

くんくんと嗅《か》ぎまわしながら、鼻の頭をヴィーナスの丘にこすりつけてくる。ナイロンのざらついた感触を味わうようにしつこくこすりつけては、内腿に頬ずりまでしてきた。

「生の匂いを嗅がせてもらうべ」

ビリビリッ、とサディスティックな音をたてて、ストッキングが破られる。恥ずかしい部分に穴が空くと、男はすかさず、ショーツに指をかけた。恥部を覆っている薄布が、躊躇うことなくめくりあげられ、片側に寄せられてしまう。

「いやあああああーっ！」

部屋中に響く悲鳴とともに、美智流の女の花が咲いた。黒い恥毛からアーモンドピンクの花びら、セピア色のすぼまりまで、女の恥部という恥部をさらけだされた。

「……ほう」

男が血走るまなこでむさぼり眺めてくる。

「こりゃあ、また、綺麗なお顔に似合わない、ずいぶん見事な生えっぷりだべさ」

「くぅうう っ……」

豊かに茂った恥毛をつままれ、美智流はうめいた。たしかに、美智流の草むらは濃密だった。先ほど希子の股間をのぞきこんで驚かされたが、彼女とは正反対に、割れ目のまわりまでびっしりと繊毛が生い茂り、ともすれば割れ目を覆い隠してしまうほどだった。

男は野太い指で繊毛を撫であげながら脇に寄せ、アーモンドピンクの花びらを剝きだしにした。いや、花びらまでもめくって、中身までのぞきこんでくる。

「グフフッ、マン毛の生えっぷりは見事でも、中の色艶は綺麗じゃないかよ。薄ピンクでつやつや光ってるべよ」

言いながら舌を伸ばし、ねっとりと舐めあげた。小刻みに舌先を動かし、女の体の内側を、さも美味《おい》しそうに味わいはじめた。

「ああっ……くぅうううーっ！」

声などあげてなるものかと、美智流は必死に歯を食いしばった。

けれども、男の舌使いは練達だった。粘膜をじっくり舐めていたかと思うと、花びらをしゃぶりまわし、あふれた花蜜をじゅるじゅる啜る。大胆かつ繊細に、女の花を舐《ねぶ》りまわしてくる。

「おおっ、うまいっ……なんてうまいベッチョなんだっ……こりゃあ、冥土《めいど》のみやげにうってつけだべ……」

舌を躍らせながら、指まで使いはじめた。野太い指が、まだカヴァーに包まれているクリトリスを、肉の合わせ目から探りだす。ブルブルと指を震わせる。電マさながらの震動が、今度は直接与えられる。

「くぅうううーっ！　くぅうううーっ！」

美智流はちぎれんばかりに首を振り、長い黒髪を振り乱した。必死に歯を食いしばっていても、敗色は濃厚だった。

蜜壺のいちばん奥が熱くなり、とめどもなく蜜があふれているのがはっきりわかる。男はじゅるじゅると音をたててそれを啜る。啜られる震動が奥まで響き、新たな蜜の呼び水になる。クリトリスを熱くする震動も続いている。指と唇に別々のリズムで震動を送りこまれて、蜜壺の奥でそれが痛烈に交錯する。

「まったく、よく濡れるベッチョだっぺ……」

男は舌を使いながら、顔までこすりつけてきた。鼻や頰や額で、ヌルヌルになった女の割れ目を愛撫した。顔中を発情のエキスでまみれさせていくことに、恍惚を覚えているようだった。恥毛やショーツや破れたストッキングまでぐっしょりに濡らしながら、男は美智流の股間にしつこく顔をこすりつけた。

「ああっ、いやあっ……いやあああっ……」

喉を突きだし、腰をくねらせて、美智流は悶絶した。襲いかかってくる快楽の波状攻撃に、体が浮きあがっていくような錯覚を覚える。

間違いなく、感じていた。おぞましき男に嬲り者にされているにもかかわらず、時折、気が遠くなりそうなほどの愉悦がこみあげてくる。

じわじわと追いつめられていった。怖いのは、おぞましき男ではなかった。おぞましき男の長大な巨根を、欲しがりはじめている自分自身だった。あの逞しすぎる肉の棒で貫かれることを想像すると、恐怖と同等かそれ以上に欲情を覚える。興奮にいても立ってもいられなくなってくる。

いっそすぐにでも、貫かれてみたかった。最初は苦しくても、やがて途轍もない快楽を味わえるかもしれない。きっと女の体はそういうふうにできているのだ。おぞましき男のおぞましき愛撫でさえ、ツボをつくやり方で責められれば、とめどもなく愛のない愛液を漏らしてしまうように……。

「むうう……そろそろ我慢の限界だべよ……」

男は立ちあがり、美智流の体をソファに横たえた。あらためてM字に開いた両脚の間に、腰をすべりこませてきた。長大な巨根は、美智流に裏側をすべて見せて隆々とそそり勃っていた。先端から噴きこぼれた我慢汁が、涎のようだった。もはやペニスが男の体の一部ではなく、それ自体意思をもつ卑猥な生物にも見えてくる。

「いぐど……」

我慢汁を漏らしている亀頭を、女の割れ目にあてがわれた。美智流も十二分に濡れていた。性器と性器がヌルリとこすれあい、背筋にぞくぞくと戦慄が這いあがっていく。

(だ、大丈夫？　こんなに大きなもの……本当に……)

身をすくめる美智流の双肩を、男はつかんだ。逃げ道を塞がれたのだ、と気づいたときには、亀頭が割れ目にめりこんでいた。むりむりと入口をひろげられ、肉の凶器が入ってくる。

「ひっ、ひぎっ……」

違和感を覚えたのは、けれども一瞬のことだった。蜜壺は奥の奥までよく濡れて、長大な巨根を導き入れた。ずるっ、ずるっ、と入ってきた。これなら大丈夫ではないかと、安堵が訪れるが、

（まだ来るのっ……もっと来るのっ……）

恐るべき巨根は、いつまでも挿入をやめなかった。奥の奥まで亀頭が届いているのに、まだ根元まで埋まっていない。息苦しさに、顔が熱くなっていく。火を噴きそうなる。ただ大きいだけではなく、硬い。硬すぎる。

「ぐっ……ぐぐぐっ……」

額にじわりと脂汗が浮かび、頬が限界までひきつった。ひきつったまま、ピクピクと痙攣した。

「むううっ、よく締まるじゃないか……」

男は根元に余裕を残したまま、熱っぽくささやいた。あわあわと唇を震わせている美智流の顔を眺めながら、ゆっくりとピストン運動を開始した。

「なかなかのハメ心地だ。こりゃあ、突けば突くほど締まるタイプだ」

ぐいぐいと腰を送り、結合感を味わう。肉と肉とがぴっちりと密着しすぎているせいか、音がたたない。これ以上なく濡れているのに、肉ずれ音がしない。

「どうした？」

男は双肩をつかんだ両手に力をこめた。

「こんな生ぬるいやり方じゃ、満足できないかえ？」

腰を送るピッチがあがっていく。勢いをつけて、ずんっ、と突きあげられると、

「はっ、はぁあおおおおおおーっ！」

美智流は獣じみた悲鳴をあげてしまった。子宮が押しあげられ、胃のあたりまで来たような気がした。

「そーら、そーら」

美智流の戸惑いも知らぬげに、男はますます熱っぽく腰を使ってくる。浅く、浅く、深く、緩急をつけて突きあげてくる。強く突きあげられると、音がたった。ぬんちゃっ、ぬんちゃっ、と粘りつくような音をたてて、奥の奥まで犯し抜いてくる。美智流にはしかし、ようやくたちはじめた卑猥な肉ずれ音を羞じらう余裕などなかった。

「いっ、いやっ……いやあああああーっ！」

深く突かれるたびに、髪を振り乱して悲鳴をあげた。予想以上の衝撃に、我を失ってしま

いそうだった。浅く、浅く、で息をとめ、深く突かれると、叫び声をあげずにはいられない。痺れるような快美感が、手足の先から頭のてっぺんまでビンビン響いて、五体の肉という肉が淫らがましく痙攣する。普段なら、オルガスムス寸前に訪れるとびきりの喜悦が、結合直後から襲いかかってきた。

「どうだ？　たまらんみたいだな？」

男が腰をまわす。熱く爛れた蜜壺の中を攪拌《かくはん》され、あらためて突いてくる。浅く、浅く、深く、緩急をつけて濡れた肉ひだを揉みくちゃにする。

（いっ、いやっ……いやよっ……）

美智流は白い喉を突きだし、背中を反らせてガクガク、ブルブルと震えながら、恐怖におののいた。いきなり、イカされてしまいそうだった。加治以上に暴力的な快感が、全身を支配していた。冷静になろうとしても、性感だけをぐいぐい高められていく。突かれるほどに、蜜壺が締まりを増し、巨根を食い締めている。言葉にせずとも、もっと突いてと体が叫んでいることを、男はわかっているはずだった。

「グフフッ、もうイキそうなのかえ？」

男は悠然としたピッチで腰を動かしながら、双肩をつかんでいた両手を下にすべり落としてきた。乳房を揉まれ、乳首をつままれた。その刺激にもはしたないくらい身をよじってしまったけれど、美智流は内心で戦慄していた。男の真の目的が、乳房ではないと確信していたからだ。

ひとしきり双乳をこねまわすと、男の両手は予想通り、さらに下に向かってきた。くびれた腰を、がっちりとつかまれた。逃れられないどころの話ではなかった。双肩をつかまれていたほうが、まだマシだった。男は美智流の腰をつかむや、連打を放ってきた。獲物となる下半身をがっちりとつかまえたまま、ずんずんっ、ずんずんっ、と突いてきた。深く、深く、深く、両脚の間を貫いた。

「はっ、はぁあおおおおおおおおーっ！」

美智流は暴れた、といっても、下半身はがっちり固定されているので、上半身だけだ。両手を振りまわし、ちぎれんばかりに首を振って、長い黒髪を跳ねあげた。発情の汗にまみれた双乳を激しく上下にバウンドさせ、背中を丸めては反り返した。

たまらなかった。

暴れ馬にまたがっているように器用に腰を揺らしながら、蜜壺を深々と貫いてくる男根の魔力に下半身を痺れさせていた。怒濤の勢いでピストン運動が打ちこまれるほどに、体の内側が熱く燃えた。欲情が燃え盛る炎となって、全身を包みこんできた。

「いっ、いやっ……いやいやいやあああっ……」

喜悦の嵐に翻弄されながら、美智流は叫んだ。犯されているにもかかわらず、叫ばずにはいられなかった。意識から離れ、自分勝手に絶頂に向かって駆けあがっていく、体の叫びだった。

「もうイクッ……イッちゃうっ……」

両手や首の動きはとまり、ホールドアップされたような格好で硬直した。背中が弓なりに反り返っていき、喉を迫《せ》りださせて、ぎゅうぎゅと体を軋ませた。

「ああっ、いやっ……イッ、イクッ！　イクイクイクッ……はぁおおおおおおおおおおおー っ！」

オルガスムスに達すると、今度は上半身ではなく、下半身が暴れだした。ビクンッ、ビクンッ、と跳ねあがる腰を、男が怪力で押さえこんでくる。ピストン運動の高まりは最高潮を迎え、ただでさえ大きな巨根が、ひときわ大きくみなぎっていく。

「出すどっ……こっちも出すどっ……」

ビクビク暴れている美智流の下半身に、トドメを刺すように最後の楔《くさび》を打ちこんだ。根元まで深々と挿入し、男の精を爆発させた。

「はぁああっ、いやあああっ……いやあああああっ……」

美智流は泣き叫んだ。体の内側で、ドクンッ、ドクンッ、と男根が暴れだすと、もうなにがなんだかわからなくなった。男が射精するたびに空に吹き飛ばされ、地面に急降下してくるような感覚に揺さぶり抜かれ、ただ体中の肉という肉をいやらしく痙攣させていることしかできなかった。

男の射精は長々と続いた。

しかし、どれだけ長く続いたのか、知ることはできなかった。

限界を超えた恍惚の極みまで追いこまれた美智流は、男が最後の一滴を漏らす前に、快楽に全身を支配されながら意識を失ってしまった。

第五章　生け贄

光石誠は、眼の前の光景がとても現実のものとは思えなかった。

巨漢の狼藉者《ろうぜきもの》に犯し抜かれた椿堂美智流は、激しい絶頂にゆき果てて失神した。すると男は、美智流の下半身からストッキングとショーツを奪ってすっかり丸裸にし、カーテンを引き裂いた紐を使ってM字開脚に縛りあげた。両手を頭の後ろで縛られ、乳房と腋の下、女の恥部まであられもなく露わにした格好で、美智流は拘束されてしまった。射精を受けたばかりの女陰からは、湯気のたちそうな白濁液がツツーッと糸を引いて絨毯に垂れていた。

それでもまだ美智流の意識が戻らなかったので、男は続いてもうひとりの獲物、希子をも毒牙にかけた。

「やめてっ！　やめてくださいっ！」

希子の抵抗は、けれども虚しいものだった。小柄な彼女が、力比べで巨漢に敵《かな》うはずもない。おまけに、毛皮のコートの下は全裸だった。羽織っているだけのそれを奪ってしまえば、服を脱がす必要すらなかった。

「ほう」

希子から毛皮のコートを奪った男は笑った。

「にしゃら、オラがここに来る前から、お愉しみだったのかえ？」

小さな眼を卑猥に輝かせ、希子も美智流と同じような格好で縛りあげると、ソファに並べて座らせた。

「こりゃあ壮観だべさ」

M字開脚で女の恥部という恥部をさらした美女を交互に眺め、男は満足げにうなずいた。射精を遂げたばかりの男根が、角度をあげて反り返り、ビクビクと跳ねて臍を叩いた。

（なんてことを……するんだ……）

光石は猿ぐつわに使われているカーテンの切れっ端を、顎が砕けるような力をこめて嚙みしめた。希子を寝取られた段階で、涙はもう枯れ果てていたはずなのに、目頭が熱くなってくる。

加治のやり方にしても、執拗かつ徹底していて、それはそれで悪魔的と呼びたくなるようなセックスだったが、根底にはどこか希子に対する愛が感じられた。タレントとマネージャーという関係なら、いくら口で裏切り者と罵《ののし》ったところで、愛があって当然だった。焚きつけた美智流にも、それは言える。

しかし、猟銃を担いで突然この部屋に乱入してきた巨漢には、愛など微塵も感じられなかった。

美智流を犯したやり方は無慈悲な凌辱《りようじよく》そのもので、驚くばかりに長大な男根で貫かれた美智流は、力ずくでオルガスムスに追いこまれた。

まさに野獣だった。

美智流はなんとかもちこたえ、失神するだけですんだけれど、彼女よりずっと小柄な希子が、あの巨根で貫かれるところを想像すると、戦慄がこみあげてくるのをどうすることもできない。そんな場面だけは見たくはなかったが、男は完全に自暴自棄になっており、欲望のままに希子を犯すことは眼に見えている。

なんとかしなければならなかった。

男にボコボコに蹴りあげられた加治は、まだ気を失ったままピクリとも動かない。自分がなんとかしなければ、男は欲望のままに希子を抱く。希子が壊れるまで、突いて突いて突きまくる。

（これが……これさえとければ……）

光石は、男が美智流を犯しているときから、気づかれないように後ろ手に縛られた拘束から抜けだそうとしていた。しかし、加治の縛り方は抜かりがなく、いくら力をこめても手首が痛くなる一方だった。

だが、絶望するにはまだ早かった。つい先ほど、ズボンのポケットにライターを忍ばせていたことを思いだしたのだ。

光石はスモーカーではないが、アウトドアの撮影に向かうときは、使い捨てライターをかならず身につけるようにしている。自然の中では、意外なほど活躍する場面が多いのだ。焚き火で暖をとることはもちろん、明かりにもなる。

実際、半壊状態のこの別荘で、やすやすと暖炉に火を灯《とも》せたのも、光石がライターを持っていたからだった。火さえあれば、拘束されたカーテンの切れっ端だって切ることができる。ただ、入れてあるのが前のポケットなので、後ろ手に縛られた状態では、取りだすことが容易ではなかった。

男に気づかれないように、身をよじって拘束を緩め、必死になって指を伸ばした。肩骨が軋み、脇腹や背中が痺れて攣《つ》りそうだったが、ライターさえあれば、起死回生の切り札になる。希子を守ることができるかもしれないのである。

「むむっ、よく見りゃあんた、芸能人じゃないか？」

男が希子を見て言った台詞《せりふ》に、光石の心臓は縮みあがった。その点について男は気づいていないようだったし、気づかないままでいてほしいと思っていた。自棄《やけ》になっている男がそれを知れば、自棄に拍車がかかるだけに違いないからだ。

「違います」

希子はきっぱりと首を振ったが、

「いいや、そうだべ」

男は自信に満ちた顔で言いきった。

「メイクをしていなかったからいままで気づかなかったが、間違いないべ。椎名希子という名前だろう？　雑誌のグラビアで何度も見たことがあるぞ」

栗色の髪をかきあげ、まじまじと顔をのぞきこんでいく。

「ち、違いますっ……違うからやめてくださいっ……」

希子は必死に首を振り、気丈に言い返した。

「こんなことしてただですむと思ってるんですか？　犯罪ですよ。警察に捕まったら、何年も刑務所に入らなくちゃいけないんですよ」

挑むような希子の台詞に、男はキョトンとした。光石は最初、手も足も出ない状態で女の花まで丸出しにされている彼女が、そんな強気な発言をしたことを、滑稽に感じたのだろうと思ったが、そうではなかった。

「ハッ……」

男は急に哀しげな眼つきで苦笑すると、長い溜息をつくように言った。

「警察には……捕まらないんじゃないかねえ……」

「どうしてですか！」

希子が金切り声をあげる。全裸でM字開脚に拘束されている恥辱を、強気な態度でいることで逃れようとしているようだ。

「自分だけはずっと逃げきれる自信があるんですか！」

「いや……」

男は力なく首を振り、

「まさか知らないのかえ？　地震のことば……」

急にハッとした顔で希子を見た。

「なんですか、地震って……」

「今日の午後、でかいやつがあったべよ。この別荘だって、その地震で半壊になったんだろう？」

「わたしたちは……」

　希子は言葉を選びつつ言った。

「ここの持ち主とは関係ありません。東京から来たんですけど、雪崩で遭難したんです。クルマごと、崖から落ちて……」

「じゃあ、その雪崩がそうだば。三陸沖から東海まで、いくつもの地震プレートが連動して大地震が起きたんだがよ。麓の町は全滅だ。オラの家族も全員死んだ。家も焼けた。どうして助けが来ないんだと怒り狂ったが、どうやら関東一円、めちゃくちゃな状況らしい。三時間ほど前まではラジオが放送してたんだけどな。いまはそれも途切れちまったから、正確にはわからないが……東京はもうおしまいだと、ラジオのアナウンサーは最後に絶叫してたよ」

　希子の顔からみるみる色が失われていった。

　光石もそうだった。

　怖いくらいに顔が冷たくなった。

　気がつけば、美智流も加治も眼を開けていた。男の話を聞いたらしい。拘束された四人が四人とも、固唾を呑んで男の次の言葉を待っていた。

「オラは死のうと思って山に入ったんだ。町は手がつけられないくらいの大火事だし、家族が誰もいなくなってまで生きててもな……凍死がいちばん楽に死ねるだろうから、酒かっくらって雪の中で寝てやろうと思った。しかし……しかし、人間、いざとなると死ねないもんだ。どうせならやりたい放題やってから死のうと思い直した。死んでお詫《わ》びするしかないくらい悪いことをやって……なにやったって警察なんか来やしないしな。東京に直下型地震が来たんなら、警察機能が回復するまで、はっきり言って何年もかかるべよ」

「だからって……」

　希子は声を震わせた。

「だからって、こんなひどいことしていいんですか！　良心とかあるでしょ！　地震が来たからって、どうしてわたしたちがレイプされなくちゃいけないんですか！」

「オラは地獄を見てきただ。だから、ちょっとここがおかしくなってる」

　男は唸るように言い、こめかみを人差し指でぐりぐりと押した。いままで薄れていた殺気が蘇り、小さな眼が据わった。

「自分でもひどいことをしてる自覚があるが、とめられねえ。女が欲しい。雪山で凍死しようって決めたとき、ここで死んだら後悔すると思った。オラは……オラの人生に後悔があるとすれば、もっと女を抱きたかったことだけだって……」

　男は感極まって、言葉につまった。

「だから、申し訳ないが好きなだけやらせてくれ。どうせにしゃらも、一週間と生き延びられない運命だ。この別荘に食いものはあるかい？　なけりゃあ餓死だ。薪がなくなれば凍死だろう。雪山で食糧を調達するなんて、地元の人間でも簡単じゃない。麓の町に行けば死体がたくさん見られるが、助けは来ない。近隣の町も全滅に決まってるからだ……もう終わりなんだよ。せめて体力があるうちに、この世の見納めにベッチョさ愉しんだほうが、にしゃらにとってもいいことだよ……」

男が希子の前にしゃがみこみ、M字開脚の中心に顔を寄せていくと、

「やめなさい！」

美智流が声をあげた。男の話に衝撃を受けつつも、必死になって気を取り直そうとしている。

「その子には……その子には手を出さないで。わたしを犯せばいいじゃない？　ねえ、しましょう、オマンコッ……ねえ、オマンコしましょうよ」

挑発的な言葉を投げられても、男は哀しげに首を振るばかりだった。

「どうせみんな死ぬんだば。虚勢を張っても意味ないからよう」

希子の割れ目を指でひろげ、薄桃色の粘膜を露わにした。先ほど加治の抜き差しを受けとめていた部分なのに、清らかな色艶でつやつやと輝き、男はまぶしげに眼を細めた。

「こんなに綺麗なベッチョだって、死んだら終わりよ。もったいないべなあ。せめて生きて

るうちに味わってやるのが、やさしさってやつじゃないかね」

野太い舌を、ねろり、と這わせ、

「んんんんーっ！」

希子が可憐な顔を歪めきる。

「にしゃだって嫌いじゃないんだろう？　わかるよ、ベッチョの味でわかる。めんこい顔して、にしゃはけっこうな好き者だ。なあ、そうだろう？　椎名希子ちゃん？」

「んんんっ……んんんんーっ！」

希子はもう、自分の名前を呼ばれても否定できなかった。ねろり、ねろり、と割れ目をいやらしく這いあがっていく舌の動きに、集中力を奪われていた。美智流をよがらせた性技は、偽物ではないようだった。ねろり、ねろり、と舌が這いあがっていくほどに、希子の顔は生々しいピンク色に上気していった。

「たまらんっ……たまらん、ベッチョだばっ……」

男の鼻息が荒くなっていく。

「ぴちぴちしてて初々しくて……地震で死んだ連中のためにも、きっちり味わわさせてもらうべ……こりゃあ最高の冥土の土産になるだよ……あの世で椎名希子のベッチョさ舐めたって自慢できる……」

「くぅううっ……くぅうううーっ！」

希子が栗色の髪を跳ねあげて首を振る。M字開脚に拘束された体を必死によじらせて、おぞましき凌辱者の舌で感じてしまわないように耐えている。

とはいえ、希子が舐められている部分は、ほんの一時間前まで加治にたっぷりと可愛がられていたところである。欲情の残滓がまだ残っていてもおかしくなかった。希子は次第に、喜悦に眉根を寄せはじめた。

「ああっ、いやあっ……いやあああっ……」

悲鳴とともに腰がくねりだしてしまい、拒絶の言葉が虚しく空に散った。

「ああっ、やめてっ……もう許してえええっ……」

泣きそうな顔で哀願しても、クリトリスを舐められると、

「はぁああああーっ！」

甲高い歓喜の悲鳴を部屋中に響かせてしまう。

（ああっ、希子ちゃんっ……希子っ……希子おおおおーっ！）

関東全域が地震の被害に遭っているという話は衝撃的だったが、いまの光石には、眼の前の惨劇のほうが痛切だった。

一度ばかりか二度までも、眼の前で愛する女が寝取られようとしている。再びあんな思い

をしなければならないのかと思うと、胸が引き裂かれそうになる。無力な自分が情けなくなり、煙のように消えてしまいたくなる。

希子が絶頂に駆けあがっていく場面は、もう二度と見たくなかった。

はっきり言って、加治の男根に貫かれた希子は、自分に抱かれているときより、何十倍も激しく感じていた。自分とのセックスでは見せたことがない、いやらしすぎる表情をいくつもいくつも披露して、乱れに乱れた。

希子がオルガスムスを重ねるたびに、光石の心は折れていき、絶頂を謳歌する獣じみた悲鳴を聞いたときは、魂が抜けていく思いがした。

加治の暴力も、手足を縛られて床に転がされていることも、眼の前で恋人を寝取られていることも、我が身に降りかかってきた理不尽な状況が、もはやどうでもいいように思われるくらい意気消沈してしまった。

希子は自分に抱かれているより、加治に抱かれたほうが女の悦びを謳歌していた。抵抗は虚しかった。乱暴だが、効果的なやり方だった。たとえ手を尽くして希子を取り戻したところで、加治に抱かれてよがり泣いた希子の残像を、脳裏から消し去ることはできないだろう。

(もう嫌だっ……あんな希子ちゃんの姿を見るのは、もう二度と……)

光石にとって、希子の絶頂シーンはほとんどトラウマであり、折れた心と再び向きあうことと同義だった。男にとって、プライドを挫《くじ》かれたみじめな自分と向きあうほど、つらいことはない。

もう希子のことは諦めたのだから、これ以上傷をえぐるようなことはやめてくれ、と神様に向かって絶叫した。そうしつつ、必死になってズボンのポケットからライターを取りだそうとした。それはもはや、希子を助けるだけにとどまらず、壊れかけた自分の心を救いだそうとする行為に他ならなかった。

しかし、そんな光石のせつない振る舞いを嘲笑《あざわら》うかのように、巨漢は舌を使った愛撫に精を出す。

「グフフッ、グラビアアイドルっていうのは、ベッチョだけじゃなくて、お尻の穴まで美味しいんだなあ」

後ろの小さなすぼまりをねちっこく舐めまわされ、

「ああっ、いやあっ……入れないでっ……そ、そんなところっ……そんなのところに、舌を入れないでえええっ……」

希子はおぞましさに身をよじり、むせび泣いている。しかし、男は舌をアヌスに差し入れると同時に、指でクリトリスをいじりたてているので、ただ泣いているわけではない。よがりながら泣いている。アヌスに舌を差しこまれるおぞましささえ、次第に快感を覚えはじめているようにも見える。

「よーし、それじゃあそろそろいただくとすっぺか……」

男は尻の穴に舌を差しこむのを中断すると、挿入の体勢に移行した。ソファに腰をおろし、希子を後ろから抱えあげた。

背面座位だ。男は小柄な希子を、やすやすと後ろから抱えた。左右の太腿の裏を両手で持ち、まるで幼児に小用をさせるような格好で、結合の体勢を整えていく。

「ああっ、いやあああっ……いやあああっ……」

そそり勃った男根の切っ先を濡れた割れ目にあてがわれ、希子があえぐ。先に犯された美智流の様子を見ているから、男の巨根ぶりも、それで貫かれた女体がどうなるかも、希子は知っている。

「お願いっ……」

隣でM字開脚に拘束されている美智流が、涙に潤んだ眼を男に向けた。

「お願いだから、その子は許してあげてっ……犯すならっ……犯すなら、わたしを犯してっ……」

「なんべん言ったらわかるんだば」

男は熱くたぎった瞳に、諦観の翳《かげ》りを浮かべた。

「どうせもうおしまいなんだよ。みんな死ぬしかないんだば。焦らなくても、この子を犯したら、にしゃもまた犯してやるよ。精根尽き果てるまで、犯して犯して犯し抜いてやる。お互いに、ベッチョの快感を冥土の土産にしようじゃないかえ」

「あああああーっ！」

希子が悲鳴をあげた。その股間では、竜のごとくそそり勃った男根が、アーモンドピンクの花びらを巻きこんで割れ目に沈みこんでいた。

「むむっ、さすがグラビアアイドルだば。熟女よりずいぶん締まるじゃないか」

男は興奮に声を上ずらせつつ、じわじわと結合を深めていく。

（こんな体位で繋《つな》がったのは……）

自分や加治に、結合の様子を見せつけるためだったのだと、光石はようやく理解した。長大なペニスの持ち主でなければ、難しい体位だった。長大なペニスの持ち主であることを、誇ることのできる体位でもあった。

「あああっ……はぁあああっ……」

自分の体重によって、巨根を突き刺されていく希子は、さながら磔《はりつけ》にされて槍《やり》を受ける、いにしえの罪人のようだった。恥毛が薄いから、性器と性器の結合があからさまで、それがよけいに残酷美に拍車をかける。

残酷であると同時に、途轍もなくいやらしかった。顔立ちは可愛らしくても、希子のボディはグラビアアイドル仕様で、性感も発達している。肉の凶器にしか見えない長大な巨根を、割れ目が呑みこんでいく。涎じみた発情のエキスさえタラタラと垂らしながら、ずぶずぶと咥えこんでいく。

「ああっ、いやあっ……ああああああーっ！」

男が左右の太腿の下から手を離すと、希子は勃起しきった男根を根元まで咥えこんだ。両手を頭の後ろで縛られ、どこにもつかまれないとなれば、串刺しにされるしかなかった。

「ああああっ……あああああっ……」

さすがにすさまじい衝撃らしく、白い喉を突きだし、ガクガクと腰を震わせた。必死になって脚をひろげ、少しでも衝撃を緩和しようとしているのがいじらしい。

「たまらんっ……たまらんぞっ……」

男は顔を真っ赤にして、両手で希子の双乳をすくいあげた。たわわに実った肉のふくらみを、野太い指先でぐいぐいと揉みしだき、乳首をくりくりと指でいじる。

「ネンネちゃんに見えて、オラのチンポをきっちり咥えこんだべ。動け。自分で動いて気持ちよくするだば」

「ううっ、無理っ……無理ですっ……」

希子が栗色の髪を跳ねさせて首を振る。

「無理なことないべよ。きっちり呑みこめたんだ。動けば天国に行けるば」

「いやっ……ああっ、いやっ……」

希子があくまで自分からの腰振りを拒むと、

「だったら、こうしてやる」

男は右手を、乳房から股間へと移動させた。恥毛が少ないので、巨根にひろげられている女の割れ目の上端に、珊瑚色に輝くクリトリスが恥ずかしげにぴょっこり顔をのぞかせている。男はそれを中指でいじりだした。野太い指をブルブルと震動させ、女の急所をしたたかに責めたてた。

「はっ、はぁあああうううーっ！」

希子が眼を見開き、ビクンッビクンッ、と腰を跳ねさせる。

「やっ、やめてえええっ……やめてええええええーっ！」

「照れるなよ。気持ちいいべさ？」

「あぁあああああーっ！」

断末魔の悲鳴をあげつつも、希子の腰は動きだしてしまう。刺激に身をよじる動きが、次第に愉悦をむさぼるグラインドへと変わっていく。発情の汗にまみれた乳房をタプタプと揺れはずませ、全身でよがりはじめる。

「ほーら、ほーら。もっと動け、もっと動け」

男は希子の耳元でささやきながら、執拗にクリトリスを責めたてる。野卑な風体とは裏腹に、指使いは見るからに繊細だった。小刻みに震動させては、ねちっこく撫で転がして、希子を追いつめていく。右手でクリトリスをいじりつつ、左手では好き放題に乳房を揉みつぶしている。

「ああっ、いやあっ……いやあああっ……」

男の愛撫に翻弄された希子は、クイッ、クイッ、と股間をしゃくるように腰を動かしはじめた。ずちゅっ、ぐちゅっ、と淫らがましい肉ずれ音をたてて、類い希《まれ》な巨根をしゃぶりあげた。

（ちくしょうっ……ちくしょうっ……）

光石は屈辱に顔をくしゃくしゃにしながら、必死になってズボンの前ポケットからライターを取りだそうとしていた。希子の割れ目から出入りしている男根が、淫らな涎にコーティングされてヌラヌラと光っている。その様子に心を折られそうになりながら、体をねじる。痛みをこらえて手を伸ばしていく。早くしないと、希子は絶頂に達してしまいそうだ。

（よ、よし……）

ようやくのことでライターを引き寄せることに成功し、右手に握りしめた瞬間だった。

「ああっ、ダメえええっ……もうダメえええっ……」

希子が切羽つまった声をあげ、ちぎれんばかりに首を振った。

「イッ、イッちゃうっ……もうイッちゃうっ……」

「グフフッ、イクのはまだ早いど」

男は再び希子の両腿の裏に手のひらを差しこむと、女体を持ちあげた。スポンと音をたてて、女の割れ目から男根が引き抜かれた。

「あああああっ……」

希子がやるせない声をあげて、グラマラスなボディをよじった。いまにも泣きだしそうな顔で、オルガスムスをとりあげられた失望感に身悶えた。

絶望的な光景だった。

レイプされているにもかかわらず、希子ははっきりとイキたがっていた。その姿も、光石の心を軋ませた。ある意味、絶頂に追いつめられた姿以上に、ショックを覚えた。光石は、希子をオルガスムスに導いたこともなければ、ベッドでそんな顔を見たこともなかった。

可愛かった。絶頂欲しさに泣きそうになっている希子は、可愛く、綺麗なのに、むせるほど濃厚な色香を放って、見ている光石を悩殺した。

だが、せっかく手にしたライターを使うことも忘れ、希子の姿に見とれていられたのは、ほんの束の間のことだった。

「どうせおっ死ぬなら……」

男は絞りだすような声でつぶやくと、抱えあげた希子の体を、少しずらした。希子の漏らした分泌液で、ヌラヌラと妖《あや》しく濡れ光っている亀頭の位置が、女の割れ目の下ではなく、アヌスの下にロックオンされた。

「ひっ……」

禁断の排泄器官に亀頭をあてがわれ、希子の顔色が変わった。

「どうせ死ぬなら、この世の快楽をすべて知ってから死んだほうがいいべ。女の体には、べッチョ以外にも愉しめるところがあるべさ」

「やっ、やめてっ……」

希子はひきつりきった顔を左右に振った。身がすくみ、全身で震えていた。当たり前だ。男ははちきれんばかりに勃起した巨根を、アヌスに挿入しようとしている。

「つらいのは一瞬だけよ……」

男は太腿を支えている両手から、じわり、と力を抜いた。支えを失った女体が下降していき、

「ひっ……」

希子の瞳が凍りついた。

「処女さ捨てたときもそうだったろう？　すぐに気持ちよくなっただろう？」

男がさらに力を抜き、亀頭がアヌスにめりこんでいく。

「ひっ……ひぃぎぃっ……」

希子がかろうじて人間らしい表情をしていられたのは、そこまでだった。次の瞬間、男が両手を完全に太腿から離すと、セピア色の小さなすぼまりに、野太い男根がむりむりと沈みこんでいった。

「ひぃぎいっ！　ひぃぎぃいいいいいーっ！」

人間離れした悲鳴をあげ、可愛い顔を限界を超えてくしゃくしゃに歪めて、希子は泣き叫んだ。

「ぬ、抜いてっ……抜いてくださいっ……さ、裂けるっ……お尻が裂けちゃううううーっ！」

もはや、ほとんど拷問だった。光石の眼には、希子が野獣に捧げられた人身御供《ひとみごくう》にしか見えなかった。

(許さんっ……許さんぞっ……)

生まれて初めて、殺意という名のまがまがしい感情を、光石は胸に抱いていた。

殺してやる、と思った。

餓死でも凍死でもなく、いま床に転がっている猟銃を奪い、全身に散弾を浴びせてやらなければ気がすまない。

荒ぶる感情を必死に抑えて、注意深くライターをつけた。

両手を縛っているカーテンの紐を焼くためだが、紐だけではなく、肌も肉も焦げた。正気を失いそうな痛みが襲いかかってきたけれど、猿ぐつわを嚙みしめて懸命に耐えた。眼の前でアナルを犯されている希子に比べれば、たかがライターの炎ひとつ、我慢できないわけがなかった。

「もう許してっ……許してくださいいいいいいーっ！」

希子が声を嗄らして泣き叫ぶ。もはや一刻の猶予もない様子で、激痛に全身を痙攣させている。

「慣れるまでの辛抱だべよ」

男は無慈悲に言い放ち、右手を股間に伸ばしていった。くちゃくちゃと音をたて、野太い指で割れ目をいじりたてた。花びらも粘膜もクリトリスも、ねちっこい動きでいじりまわすと、やがてずぶりと指を割れ目に沈めこんだ。

「はっ、はぁああうううううーっ！」

希子が喉を突きだしてのけぞる。小柄だが肉感的な体が、淫らにくねった。体の芯に、電流となった快美感が通電していく様子が、見ているだけで伝わってくるようだった。痛みによる痙攣が、喜悦のそれに変わるまで時間はかからなかった。驚くべきことに、希子はよがりはじめた。男の野太い指がじゅぷじゅぷと蜜壺をえぐり、クリトリスを撫で転がしはじめると、腰まで使って悩ましく呼吸をはずませた。

「ああっ、いやっ……いやいやいやっ……」

「ククク、いいんだろ？　尻の穴を犯されてるのにいいんだろ？　腰が動いてるべよ」

「いっ、言わないでっ……」

「言わなくても、わかってるべよ。みんな見てるぞ。グラビアアイドルが、尻を犯されてよがってるところば……」

男の指が、じゅぼじゅぼっ、じゅぼじゅぼっ、と音をたてて蜜壺を攪拌する。潮吹きの前兆のような細かい飛沫が飛び散り、背面座位で体を繋げたふたりの内腿を、びっしょりに濡らしていく。

「ああっ、ダメッ……ダメダメダメえええええっ……」

希子の体がくねる。乳首を尖りきらせた双乳を揺すり、戸惑いきった表情で声を上ずらせる。

「イッ、イッちゃいそうっ……お、お尻でっ……イッちゃいそうっ……」

「イケばいいべ」

男は勝ち誇った声で言った。

「冥土の土産だば、遠慮することはない。こっち……こっちも、グラビアアイドル椎名希子のアヌスに、思いきりぶちまけさせてもらうべさ」

「あああっ……あああああっ……」

希子は焦点を失った眼で中空を見つめ、全身をガクガク、ブルブルと震わせた。前後の穴を塞がれた女の、身をよじるような喜悦が、見ているだけで伝わってくる。

「ああっ、イクッ！　お尻でイッちゃうっ……希子、お尻でイッちゃいますうっ……はぁあああああああーっ！」

「むううっ！」

歓喜にのけぞった希子の体を後ろから抱きしめて、男は執拗に肉穴をえぐり、クリトリスをいじりまわした。左手では乳房を揉んでいた。恍惚に痙攣する女体を、さらに下から突きあげた。ソファのスプリングを使ってぐいぐいとアヌスを犯しながら、

「出すどっ……こっちも出すどっ……おおおうううーっ！」

真っ赤な顔で雄叫びをあげた。射精に達したらしい。

チャンスだった。

どれほど獰猛な野獣も、射精の途中は隙ができるに違いないと、光石は自分を奮い立たせた。両手はすでに自由になっている。あとは足だ。拘束している布に火をつけた。派手に燃えあがったが、放出の快感に身をよじっている男は気づかない。

「はぁあああああっ……はぁああああっ……」

「おおおおおおっ……おおおおおおっ……」

喜悦に歪んだ悲鳴をからめあわせているふたりを尻目に、光石は床に転がった猟銃にむしゃぶりついた。手も足も、かなりの火傷を負っていたが、もう痛みは感じなかった。アドレナリンが大量に出ている実感があった。銃を構えた。

「やめてっ！」

背面座位で恍惚を分かちあっているふたりの隣で、美智流が叫んだ。

「撃たないでっ！　撃ったら希子もっ……」

その声のおかげで、男が光石の行動に気がついた。まったく、よけいなことをしてくれる。しかし、美智流の声がなければ、希子にも散弾を浴びせていたかもしれない。光石の殺意は、巨漢の凌辱者だけではなく、尻の穴までレイプされているのに絶頂に達した元恋人にも向けられていたからだ。

「うおおおおっ……」

男は希子を光石に向かって突き飛ばすと、横っ飛びに飛んだ。巨漢のくせに、驚くほど俊敏な動きだった。人間、射精の途中でこれほどの反射神経を発揮できるものなのかと、啞然としてしまった。

光石の右手の人差し指は、ひきがねにかかっていた。しかし引けない。男に照準が合わせられない。

気がつけば、男は眼の前にいた。

組みつかれ、猟銃の奪いあいになった。

男の力は強かったが、光石も必死だった。壁に体をぶつけられ、床に転がりながらも、猟銃を決して離さなかった。男も離さない。体格にはハンデがあったが、勝負の行方は五分と五分だった。女を寝取られる辛酸を嘗《な》めつくし、殺意を燃え狂わせていた光石と、射精を途中で中断した男とでは、気迫が違った。

「殺してやるっ……殺してやるからなっ……絶対に殺すっ！」

「うおおおおおーっ！」

揉みあいながらドアにぶつかると、留め金が壊れて廊下に転がりでた。それでも、お互いに猟銃は離さなかった。離したら最後だった。相手が離した瞬間、光石は銃口を向けてひきがねを引くつもりだったし、相手の男もまた、そのつもりだったに違いない。

第六章　開花の時

ズドン！　という銃声に、加治修一の心臓は止まりそうになった。

ひきがねを引いたのだ。

熊をも倒す散弾銃である。至近距離で被弾すれば、死は免れられない。

二発目の銃声が聞こえてこないところが不吉だった。

どちらかにあたったからだろう。

生き残ったのはどちらなのか？

開け放たれたままのドアが風に吹かれてバタバタと鳴り、外の冷気が部屋の中に流れこんできた。せっかく暖炉の炎で暖まっていた空気がみるみる冷えていき、室内に残された人間から体温を奪っていく。

だが、加治や希子や美智流の表情は、室内の空気が冷えていくよりもずっと速いスピードで色を失い、凍てついていた。口をガムテープで塞がれている加治は声を発することができないが、希子も美智流も言葉を忘れてしまったかのようになにも言わない。ドアがバタバタと鳴り、風が嫌な音をたてて部屋に流れこんできているのに、まるで時間が止まってしまったかのようである。

やがて、重苦しい足音とともに一方の男が戻ってきた。

光石だった。

猟銃を担いでいた。

ドアが閉められ、風が遮断される。

それでも、室内の体感温度は下がりつづけた。

光石の顔色が尋常ではなく青ざめていたからだ。幽霊のように生気を失い、眼つきが虚ろで視線が定まっていなかった。全員が固唾を呑んで光石の行動を注視していたが、彼もまた、言葉を忘れてしまったかのように唇を引き結んで立ち尽くしているばかりだった。

「……あの男は?」

勇気ある問いかけをしたのは、希子だ。

「あの男はどうしたの?」

「死んだ」

光石がぶっきらぼうに言い放ち、希子は悲鳴を呑みこんだ。部屋の空気が、一瞬にして水の中のように重くなった。

「あんな男は死んで当然だ。なにが冥土の土産だよ。大震災の話がたとえ本当でも、人としてやっていいことと悪いことがある……ハハッ、憐れな末路だったさ。自分の猟銃で自分を撃たれて、跡形もなく顔が吹っ飛んで……アハハハッ、首なし人間みたいになって雪に埋もれて……」

「やめてっ！」

希子が涙に潤んだ金切り声をあげる。

光石の乾いた笑いには、狂気の匂いが漂っていた。人ひとり殺《あや》めてしまったなら、精神を尋常に保てなくなっても当然だった。暖炉の炎が小さくなった部屋は薄暗く、着ていたセーターが黒かったのですぐにはわからなかったが、光石は少なくない返り血を浴びていた。

「ねえ、光石くん……」

美智流が上ずった声をかけた。

「とにかく、縄をはずしてくれないかしら。こんな格好じゃ、まともに話もできないじゃない？」

恥ずかしげに身をよじりながら、すがるような眼を向けた。美智流は、そして希子も、全裸でM字開脚に縛りあげられたまま、女の恥部という恥部をさらしていた。

「いや……」

光石はにわかに声を低く絞った。眼まで据わらせて、希子と美智流と加治を、順繰りに睨《ね》めつけてきた。

「あの男以外にも、殺されて当然の人間がいる……」

銃口が美智流に向いた。

「だいたい最初に僕のことを縛ってきたのは、あんたたちだったよな。眼の前で希子とセックスしろとか言ってたくせに、いざとなったら突然殴りかかってきて……」

銃口が加治の方に移動する。

「僕は忘れてないですよ。おかしな男が乱入してきたからって、うやむやになんかできない」

狂気に縁どられた眼で睨まれ、加治はさすがに戦慄を覚えた。生きた心地がしなかった。

銃口が希子に向けられた。

「いったいどういうことなんだ？　僕のプロポーズを受けてくれたんじゃなかったのか？　嘘だよな？　本当に好きなのはマネージャーで、僕のことは当て馬だったなんて、社長とマネージャーに無理やり言わされたんだよな？」

「ううっ……」

　銃口を向けられた恐怖に、希子は唇を震わせた。光石の眼つきには、はっきりと殺意が浮かんでいた。

「それは……それはなんていうか……」

　希子は恐怖のあまり、パニックに陥ってしまったらしい。光石をなだめる上手い嘘をつくことも、言葉を選ぶ余裕すら失っていた。

「光石さんにプロポーズされて、嬉しかったのは本当よ。でも、正直言って、いま結婚するのはどうだろうって思ってたのも事実で……わたし、女優になりたいし……いま結婚したら仕事がなくなっちゃうのは、社長の言う通りだと思うし……でも……でも、わたしばっかり責められるのはずるい……最初に光石さんに接近しろって命令してきたの、社長なんだから……」

「……どういう意味だ？」

　光石の暗い視線が、希子と美智流を行き来する。

「写真集のカメラマン、光石さんにやってもらいたいけど、断られそうだからあなた個人的に仲良くなっちゃいなさいって、社長に言われたんです。なんなら抱かれちゃってもいいくらいの勢いで……」

「ちょっと待ちなさい」

美智流がヒステリックな声をあげる。

「そんな言い方、わたししていないでしょう？」

「言い方は忘れましたけど、そんな感じだったじゃないですか？　だから映画祭のとき、すごいどぎついドレス着せられて……おまけにホテルの部屋まで用意されてて……わたしひとりしか泊まらないのに、ツインの部屋……」

「あのときは……ツインしか空いてなかったのよ」

口ごもる美智流はあからさまに動揺していた。裏でそんなやりとりがあったのかと、加治は愕然《がくぜん》とした。

「でも絶対、光石さんに色仕掛けしてこいって、わたしの背中を押しました。わたし、すごく嫌だったんですけど、頑張って声かけて……でも、うまくいったらいったで今度は怒られて……ひどいですよ……」

「言ってないでしょ、色仕掛けなんて」

「付き合っちゃってもいいって言いました」

「……もういい」

光石は銃をおろし、深い溜息をついた。

「要するに、そういうことか。あんたらが、人の気持ちなんてなんとも思ってないことだけはよくわかったよ。くだらない……あんたらもくだらないが、偽物の色仕掛けでノリノリになって撮影して、挙げ句にプロポーズまでしてしまった僕が、いちばんくだらない人間だ……おまけに人まで殺めてしまって……僕の人生、取り返しのつかないことになってしまったよ！」

先ほどまで幽霊のように青ざめていたのが嘘のように、光石の顔は赤々と上気していった。虚ろだった眼が血走り、唇が怒りに震えだした。

「そこまで人をコケにするなら、こっちもやりたいようにやらせてもらいますよ。ああ、そうだ。僕にこそ、冥土の土産が必要みたいだ……」

腹を括った光石の言葉には、死の匂いが濃厚に滲んでいた。まるで先ほどまで狼藉の限りを尽くしていた巨漢の絶望が、彼に乗り移ってしまったようだった。

「やめてっ！　やめてくださいっ！」

暴れる希子を、光石は後ろから抱えて移動させる。暴れるといっても、希子は拘束されたままだった。両手を頭の後ろに、両脚をM字に開かれた状態である。

その希子をどうしたのかといえば、美智流と重ねた。

あお向けで両脚をM字に開いている美智流の上に、シックスナインの体勢で覆い被せた。

「いっ、いやっ……」

希子の尻を鼻先に突きつけられ、美智流が顔をそむける。美智流の美貌が燃えるように赤く染まり、きつくこわばっているのは、息がかかる距離に希子の陰部が迫ってきたからだけではなかった。M字開脚で露わになった自分の陰部にもまた、希子の吐息を感じたからだろう。

「こりゃあ、すごい眺めだ……」

顔を上気させた光石が、熱っぽくつぶやく。

「カメラがないのが、これほど残念だったことはない。衝撃的な画《え》が撮れたな。間違いなく、いままででいちばんの傑作を……」

L字型に伸ばした指をカメラのフレームのように合わせると、そのなかから、体を重ねたふたりの女をまじまじとむさぼり眺めた。

「ああっ、いやっ……」

「もうやめてっ、光石くんっ……」

美人社長と所属アイドルが陰部を見せあい、真っ赤になって羞じらっている姿は、たしかにこの世のものとは思えないほどエロティックだった。どちらも美しく、抜群なスタイルなうえ、女同士という禁忌を含んでいる。背徳のスパイスを得て、悩殺的な色香を放っている。

「さて……」

光石が両手をおろしてふたりに近づいていく。

「ここまでされたら、僕がなにを求めてるのかわかりますよね？」

「わからないっ！　わかりませんっ！」

美智流が叫び、

「ねえ、光石さん、許してっ……わたし、本当にプロポーズされて嬉しかったんだよ。それは嘘じゃないよ」

希子がすがるような眼を向ける。

「黙るんだ」

光石は希子の背後にまわり、銃口を陰部に押しあてた。

「ひっ……」

羞じらいに紅潮していた希子の顔から、みるみる血の気が引いていく。

「言う通りにしないと、ひきがねを引くぞ。人を殺めてしまった以上、僕はおめおめ下界に戻ろうとは思ってない。ここで死ぬ。キミらが言うことをきかないなら、一緒にあの世に行ってもらうことになる」

「お、落ち着いて、光石くんっ……」

希子の陰部に銃口が押しあてられているということは、そのすぐ下には、あお向けになった美智流の顔があった。

「人を殺めたって……正当防衛でしょう？　わたしたちが証言すれば、罪になんか問われないはずよ。ええ、問われるはずがありません」

光石は美智流の言葉をきっぱりと無視した。その横顔には、正気を失った人間の、険しい覚悟だけがうかがえた。

「舐めるんだ」

陰部を一度ぐいっと押してから、光石は銃口を離した。

「お互いにオマンコ舐めあって、ひいひいよがるんだ。イクまでだ。きっちりイキまくればそれでよし。もし片方でもイケなかったりしたら、そのときは僕と一緒に死んでもらう」

「そ、そんな……」

美智流の顔が恐怖に歪みきった。光石の口調や表情から、燃えあがる殺意が伝わったからだろう。その気迫に、加治も戦慄を覚えずにはいられなかった。先ほどの巨漢と同等かそれ以上、光石の眼には狂気が宿っていた。

「希子もわかったな？」

「ううっ……」

美智流の上に乗り、光石に尻を向けている希子は、全身をこわばらせている。銃口を押しつけられた冷たい感触が、まだ陰部に残っているに違いない。

「さあ、やるんだ」

光石が言ったが、ふたりの女は真っ赤になった顔を歪みきらせるばかりで、眼の前にあるお互いの陰部からは視線さえそむけている。

「やるんだよ」

苛立った光石は、尻を突きだしている希子の桃割れに手を伸ばした。普段の紳士面をかなぐり捨て、鬼の形相で陰毛を数本毟った。

「ひいっ！」

希子が悲鳴をあげ、光石はその顔の方にまわりこんだ。今度は美智流の陰毛を、ブチブチッと音がしそうな勢いで毟りとった。

「くぅううっ！」

美智流はかろうじて悲鳴を嚙み殺したものの、ダメージは希子より深そうだった。美智流のほうが、濃密な草むらをたたえているからだ。毛の一本一本も太いので、毟られたあと、激しく身をよじって痛みをこらえていた。

「やらないなら、かわりばんこにマン毛を抜いていくぞ。オマンコが丸坊主になってもいいなら、いつまでもやらなくてかまわない」

光石が再び希子の桃割れに手を伸ばしていくと、

「わかった！　やる……やります」

美智流は震える声で言った。陰毛を抜かれたダメージのせいもあるだろうが、これ以上光石の神経を逆撫でにし、凶暴化させてはならないと思ったのだろう。

「ううっ……うあっ……」

唇を割りひろげ、舌を差しだした。ピンク色の舌がこわばっていた。それを必死に動かして、希子のもっとも恥ずかしい部分に近づけていく。顔を限界まで歪ませて、ねろりと舐めあげる。

「いやあああっ……」

希子がおぞましげな悲鳴をあげ、激しく身をよじらせた。

「や、やめてください、社長っ！　舐めないでっ！　舐めないでえええっ……」

「舐めるんだよ」

鬼と化した光石は希子の髪を乱暴につかみ、美智流の股間に近づけていく。唇を女の割れ目に押しつけ、ぐいぐいと後頭部を押す。

「ぅんぐっ……ぐぐっ……」

希子は顔を真っ赤にして、鼻奥でうめいた。同性の陰部に口づけをしてしまったショックと、同性の舌に陰部を舐められているおぞましさが、二十三歳のアイドルタレントを追いつめる。

「舐めるんだ、希子。死にたくないなら……」

希子の後頭部をぐいぐいと押しながら、光石が鼻息を荒げだす。やがて、諦めた希子が舌を使いはじめると、後頭部から手を離し、立ちあがってふたりを見下ろした。その顔はもう、鬼の形相ではなく、淫魔に取り憑《つ》かれた獣の牡の表情になっていた。みずから演出した強制レズビアンショーに、興奮しきっていた。

「女の体っていうのは本当に芸術的だ……アートだよ……」

シックスナインで重なったふたりのまわりを歩きながら、噛みしめるように独りごちる。

「いままでどうして気がつかなかったんだろう。女同士が愛しあう場面こそ、僕の写真のテーマだったのかもしれない。こんなに綺麗だなんて……」

「うんんっ……ぅんぐっ……」

「うんあっ……ああっ……」

美智流と希子は、もはや自暴自棄の表情で舌を使っていた。しかし、自暴自棄であろうがなかろうが、舌は性感をとらえている。女同士であればこそ、感じるポイントはきっちり把握している。三分と経たないうちに、ふたりの陰部からは、猫がミルクを舐めるような、ぴちゃぴちゃという音がたちはじめた。

「ククク、燃えてきたみたいじゃないか？」

光石が卑猥な笑みを浮かべながら、希子の桃割れをのぞきこみ、美智流のM字開脚の中心をむさぼり眺める。

（なんてことを……するんだ……）

加治はガムテープを貼られた口の中で、ぎりぎりと奥歯を嚙みしめた。おぞましき同性愛撫を強制されているふたりの気持ちを考えると、光石のことが許せなかった。女を寝取られ、人を殺めてしまい、正気を失っていることは想像に難くないが、それにしてもこれはやりすぎである。恥ずかしい部分を舐めあってしまったふたりは今後、いままで通りの人間関係を維持できなくなるかもしれない。

とはいえ、美しき女社長と可憐なアイドルがシックスナインで舐めあっている光景は、悪魔的な魅惑を放って、視線をそらすことができなかった。ふたりとも、いよいよ自暴自棄の範疇を超え、おぞましき双方向愛撫に淫しはじめていた。

「ぅんんっ……ぅんぐっ……」

「ぅんあっ……あああっ……」

鼻奥で苦悶にうめきつつも、表情が欲情に蕩《とろ》けてきている。険しい表情で舌を使っているのに、時折相手の舌使いに反応し、眼を泳がせている。せつなげに眉根を寄せ、赤く染まった頬をピクピクと痙攣させている。

とくに美智流が顕著だった。

希子の舌の動きに身をよじりながら、次第にクンニリングスに没頭しはじめた。アーモンドピンクの花びらをしゃぶったり、肉穴にヌプヌプと舌を差しこんだり、ただ相手をイカせるだけならば、クリトリスに刺激を集中させたほうが近道なのに、陰部の舐め心地を味わっているとしか思えないやり方で、希子を責めていく。

責められれば、希子のほうもじっとしてはいられない。突きだした桃尻を悩ましく揺らめかせながら、美智流のやり方を真似して責める。熟れきった三十八歳の花びらをしゃぶりまわり、肉穴にヌメヌメと舌先を差しこむ。美智流がクリトリスを吸ってくれれば、希子も音をたてて吸い返す。

「ぅんんっ！　ぅんぐうっ！」

「ぅんあっ！　あああっ！」

ふたりの呼吸が切迫しはじめると、

「ちくしょう。たまらなくなってきちゃったじゃないか……」

光石がもっこりとふくらんだ自分の股間をまさぐった。激しく勃起しているようだった。ズボンの上からまさぐるくらいではとても満足できなかったらしく、ベルトをはずした。ズボンとブリーフを一気に脱ぎ捨て、隆々と反り返った男根を剝きだしにした。

巨漢の長大なペニスを見たあとなので、サイズ的には見劣りしたものの、やはりそれは男根だった。反り返り方も、いかにも硬そうなみなぎり方も、雄々しかった。女肉をむさぼり、犯し抜くための、男の欲望器官だった。

「おい……」

光石は希子の顔の前で膝立ちになると、

「俺のも舐めてくれよ」

希子の髪をつかんで顔を上げさせ、勃起しきった男根を鼻先に突きつけた。

「いつもやってくれたみたいに舐めてくれ……さあ」

「ううう……ぅんああっ……」

希子はおぞましき同性への愛撫で紅潮させた顔をくしゃくしゃに歪ませて、唇を割りひろげた。好き放題な嬲り者にされる屈辱に身悶えながら、涎にまみれた唇でそそり勃ったペニスの先端を咥えこんだ。

「むううっ……」

光石が感嘆の息をもらす。

「ぅんんっ……ぅんぐっ……」

希子はもはや命じられるがままに動く人形だった。恥辱のあまり、思考を停止させてしまったのかもしれない。虚ろな眼つきで唇をスライドさせ、硬くみなぎった肉の棒を舐めしゃぶりはじめた。

「やっぱりオマンコよりチンポのほうが舐め甲斐《がい》があるか？　うん？」

光石は勝ち誇った笑顔を浮かべて、アイドルの口腔奉仕に淫している。時折腰をひねったり、首に筋を浮かべたりしながら、かつての婚約者の舌使いにどっぷりと溺れていく。

「くぅうううーっ！」

悶える悲鳴をあげたのは、美智流だった。光石がフェラチオを愉しみながら、彼女の割れ目を指でいじりだしたのである。

「なにを休憩してるんだ？　しっかり希子のオマンコを舐めるんだよ、社長」

「くぅううっ！　くぅううーっ！」

肉穴をずぼずぼと指でえぐられ、美智流はちぎれんばかりに首を振った。髪をざんばらに振り乱しながら、希子の桃割れに再び顔を近づけていく。

「ぅんんんっ！」

同性の舌で女の急所を刺激された希子は、鼻奥で悲鳴をあげた。眼を白黒させながら、男根をしゃぶる唇に熱をこめた。そうでもしていないと喜悦に呑みこまれてしまいそうだと、可愛い顔に書いてあった。

それは美智流も一緒だった。光石は右手の中指を深々と蜜壺に埋めこみ、じゅぼじゅぼと抜き差しさえしている。親指ではクリトリスを刺激している。クンニリングスに精を出さないと、絶頂に導かれてしまいそうなのだろう。

「ぅんんっ……ぅんぐうっ……」

「ぅんぐっ……ぅんんんっ……」

鼻奥での淫らな悶え声の競演が始まり、

「むううっ……」

光石も顔を真っ赤に上気させ、首にくっきりと筋を浮かべた。

「たまらんっ……こりゃあたまらんぞっ……」

喜悦に身震いしながら、勃起しきった男根を希子の口唇から引き抜いた。希子の開いたままの唇から、大量の涎が糸を引いて垂れ流れた。男根も男根で、彼女の涎をたっぷりとまとい、ヌラヌラと卑猥に濡れ光っている。

光石はその男根を揺らして、希子の後ろにまわりこんだ。突きだされた桃尻の中心に切っ先をあてがい、挿入の準備を整えた。結合部分のすぐ下には、あお向けになった美智流の顔がある。

「よく見てるんだ。あんたが見たかったものを見せてやる」

光石は美智流に言い放つと、

「いくぞ……」

希子の腰をつかんで、ぐっと男根を前に送りだした。

「あああっ！」

希子の上体がビクンッと跳ねあがる。同性の舌によってさんざん舐めまわされた女の割れ目に、ついに男根が挿入されたのだ。あまつさえ、それより前に加治と巨漢によって犯し抜かれた蜜壺は、淫らがましく爛れきって、とびきり敏感になっていることだろう。

光石がずぶずぶと奥まで侵入していくと、

「いっ、いやああああーっ！」

希子は断末魔の悲鳴をあげた。生々しいピンク色に染めた素肌に、生汗をどっと噴きださせて、結合の衝撃を受けとめた。

「むううっ、締まるっ……締まるぞっ……」

光石は真っ赤な顔で全身をわなわなと震わせた。

「あんな巨根に犯されたくせに、まだこんなに締まるのかっ！」

唸るように言うと、ぐりんっ、ぐりんっ、と腰をまわした。見ている者にも、希子に対する愛情が伝わってきた。慈しむ愛ではなかった。燃えあがる炎のように激しい愛情が希子に向けられ、ピストン運動が始まった。いきなりのフルピッチで、パンパンッ、パンパンッ、と桃尻がはじかれた。

「はっ、はぁあうううううううううーっ！」

希子がのけぞって悲鳴をあげる。両手を頭の後ろで拘束された不自由な体をよじらせて、怒濤の連打に呑みこまれていく。可憐な顔をくしゃくしゃに歪めて、よがりによがる。ひいひいと喉を絞って泣きわめき、あふれた発情のエキスを美智流の顔にポタポタと垂らしていく。

「いいのか？　いいのか？」

光石が腰を振りたてながら叫ぶと、

「いいっ！　いいっ！」

希子は間髪入れず叫び返した。

「イッちゃいそうっ！　わたし、すぐにイッちゃいそうっ！」

「誰とでもイクんだな？」

光石が鬼の形相で連打を放つ。パンパンッ、パンパンッ、と桃尻をはじく音が、ひときわ甲高く、いっそ痛切な色彩を帯びて部屋中に響く。

「いや、僕とのときはそんなにイカなかった。キミって女は、いやらしいド淫乱だ。みんなに寄ってたかって犯されて、まだイキそうだなんて……」

「ああっ、言わないでっ……許してっ……はぁうううううーっ！」

希子はいまにも絶頂に駆けのぼっていきそうな、切羽つまった悲鳴をあげたが、

「許すもんか」

光石は非情な声で吐き捨てると、結合をといた。スポンッと音をたてて、びしょ濡れの蜜壺から勃起しきった男根を抜き抜いた。

「あああああっ……」

希子が遠い眼でやるせない声をあげる。

「イキたがりのド淫乱を、そう簡単にイカせてやるもんか」

光石は膝立ちのまま、希子の顔のほうにまわりこんだ。M字に開かれた美智流の両脚の間に腰をすべりこませ、希子の髪をつかんで顔をあげさせた。絶頂を逃したやるせなさに歪みきった可憐な顔を一瞥し、ニヤリと笑った。

「よく見てるんだぞ」

左手で希子の髪をつかみながら、右手で男根を割れ目にあてがう。希子のクンニリングスでぱっくりと口を開いている女の割れ目に、希子の花蜜でヌルヌルに濡れた亀頭をあてがう。ぐっと腰を前に送りだし、美智流の中に侵入していく。

「はっ、はぁおおおおおおーっ！」

美智流の口から獣じみた悲鳴があがった。宙に浮いた足指をぎゅうっと丸めこんで、結合の衝撃に五体を震わせた。

「むうう……」

光石は希子の髪をつかんだまま、天を仰いだ。赤く染まった首に何本も筋を浮かべて、結合の歓喜に身をよじった。

「こっちは……ずいぶん練れたオマンコじゃないか……」

ゆっくりと抜き、ゆっくりと入り直す。

「締まりもいいが、肉ひだがからみついてくる……ねえ、社長？　プライド高そうに見えて、ずいぶん遊んでるみたいですね？　仕事ができる女ほどドスケベが多いっていうから、社長もその口ですか？」

言いながら、腰振りのピッチをあげていく。ずちゅっ、ぐちゅっ、と卑猥な肉ずれ音をたてて、三十八歳の蜜壺を攪拌していく。

「あああっ……はぁああっ……はぁああああーっ！」

美智流の呼吸は一足飛びに高ぶっていき、身をよじりだした。たまらないようだった。彼女にしても、先ほど巨漢に犯し抜かれて性感に火をつけられている。そのうえ強制されたレズビアンクンニで、欲情を高められている。

「どうだっ！　どうだっ！」

光石の腰振りに熱がこもった。女体の高まりに、手応えをつかんだようだった。

「たまらんオマンコじゃないか？　突けば突くほど、締まってくる。奥の奥まで引きずりこまれて、食いちぎられてしまいそうだ……」

泣き笑いのような顔で、半開きの唇をわななかせる。両眼は焦点を失い、肉の悦びに浸りきっているようだ。

「極楽だっ……これが極楽なんだっ……もう死ぬのは怖くないぞっ……僕は生きたまま極楽を味わえたんだっ……」

「あああっ、いやあああーっ！」

ずんずんっ、ずんずんっ、と最奥に連打を浴び、美智流はちぎれんばかりに首を振った。

「そ、そんなにしたらっ……イクッ……そんなにしたらイッちゃううううーっ！」

「あんたも誰だっていいんだな、社長」

光石は声を上ずらせた。

「女っていうのは、誰でもいいのかい？　チンポ突っこまれてオマンコ掻き混ぜられれば、相手が誰でもイッちゃうのかい？」

悲痛に歪めた顔で言いながら、M字開脚の中心に渾身のストロークを送りこむ。ずちゅっ、ぐちゅっ、という粘りつくような肉ずれ音を振りきり、怒濤の連打を畳みかけていく。

「はぁあああああーっ！」

美智流は白い喉を見せてのけぞった。

「ダ、ダメッ……もうダメッ……イッちゃうっ……イクイクイクイクッ……はぁおおおおおおーっ！」

ビクンッ、ビクンッ、と体を跳ねさせ、絶頂に駆けあがっていく。腰が反り返り、くねらされる。両脚はM字開脚に拘束されているから、足指を必死に丸めて喜悦をむさぼり抜こうとする。

「むうっ！　むううっ！」

光石の鼻息も荒くなった。オルガスムスに達した蜜壺が、締まりを増したのだろう。硬く勃起した男根を、ぎゅうぎゅうと食い締めているのだろう。

「こっちも……こっちも出すぞっ！」

恍惚に痙攣する女体に、フィニッシュの連打を送りこんだ。

「おうおうっ……出るぞっ出るぞっ……おおおううーっ！」

雄叫びをあげ、最後の一打を打ちこんだ。と思った瞬間、光石は男根を引き抜いた。結合部分のすぐ側で呆然としている希子の顔に向けて、白濁液を噴射した。ドクンッ、ドクンッ、と吐きだされる男の精が、可憐な顔に襲いかかった。

「いっ、いやあああっ……ぅんぐぐっ！」

希子の悲鳴は、けれども最後まで続かなかった。光石が射精の途中で、男根を口唇に埋めこんだからだ。

「吸えっ！　吸ってくれっ！」

希子の顔を犯すように、腰を振りたてた。

「ぅんぐっ！　ぅんぐぐっ……」

眼を白黒させて悶絶する希子を眺めながら、光石は射精を続けた。ぐいぐいと抜き差ししては身震いし、ずいぶんと長い間、放出の愉悦に溺れていた。

（クソッ、このガムテープさえとければ……）

加治はまわりに気づかれないように身をよじってみたが、無駄な抵抗のようだった。巨漢の監視のもと、美智流によって巻かれたガムテープは堅固で、少しくらい身をよじったところでビクともしない。それどころか、巨漢に蹴られておそらく折れている肋骨《ろっこつ》に、悲鳴をあげたくなるような痛みが走るばかりだ。

光石を拘束していたのは、ガムテープではなくカーテンを紐状に引き裂いたもので、彼は布をライターの火で焼き切って自由を得たらしい。焦げくさい臭いで、それは察せられた。おそらく皮膚まで焼いただろうが、たいした根性だった。

いや……。

光石を賞賛している場合ではなかった。

巨漢が狼藉の限りを尽くしていたときも、いずれ全員皆殺しにされるだろうという予感があったが、彼を殺めたことによって、その絶望にまみれた殺意は光石に取り憑いてしまったようだった。

光石はもはや、完全に正気ではなかった。

巨漢を殺めたうえ、美智流と希子を同時に犯してしまったことで、狂気は彼自身の手にも負えないレベルに達し、後に残された展開はもう、全員を巻きこんでの無理心中以外に考えられない。

ここまでの醜態をさらしきって生きていけるほど、光石という男はプライドの低い人間ではないだろう。逆に言えば、脆弱《ぜいじゃく》な神経の持ち主だ。生き恥をさらすくらいなら死んでしまおうという、短絡的な思考回路の持ち主なのだ。

希子や美智流にあれほどの狼藉を働けるなら、自分に対して猟銃のひきがねだって引けるはずだった。自分を殺した勢いで、希子を殺し、美智流を殺し、そして最後に自分の命も絶つ……。

なんとかしなければならなかった。

けれども、拘束のうえに体を痛めていては、手も足も出ない。

このまま座して死を待つしかないのだろうか。

なんとかして、光石の狂気を鎮める方法は……。

しかし、眼の前の光景が、加治をさらなる絶望に追いこんだ。

希子と美智流を交互に犯し抜き、希子の顔面に精をぶちまけた光石は、残滓を彼女の口唇に注ぎこんでも、まだひどく高ぶったままだった。

「……勃ったままだ」

自分の股間を見て興奮に震える声でつぶやくと、希子の口唇から男根を引き抜いた。長々と射精をつづけたあとにもかかわらず、彼の欲望器官は臍に張りつきそうな勢いでそそり勃ち、まがまがしい凶相を見せつけていた。

「人間、死ぬと腹を括ると、かえって精力がこみあげてくるものなんだな……遺伝子の生存本能ってやつか……」

独りごちるように言いながら立ちあがり、加治の方に近づいてきた。視線と視線がぶつかった。恐怖が顔から血の気を引かせたが、必死になって睨み返した。気持ちを強くもっていないと、発狂してしまうかもしれなかった。

ところが、光石の口から吐きだされた言葉は、意外なものだった。

「せっかくだから、あんたも一緒に愉しもうじゃないか」

薄気味の悪い笑顔を浮かべて言ってきた。

「僕はもう、生きているのがほとほと嫌になりましたよ。だから死ぬ。僕を裏切った人間を道づれにしてね……」

眼の色が鈍色に光った。

「もちろん、あんたにも死んでもらう。先に手を出したのはあんたのほうなんだから、文句はないでしょう。ただね、あんたが希子のことを愛していることはわかりましたよ。本気で結婚しようと思っていた僕にはわかる。だから、冥土の土産に希子とオマンコさせてあげますよ。僕はもう、希子を抱きたくないですから……希子の腐れマンコは……」

言葉を噛みしめるように言うと、芋虫のように拘束された加治の体を引きずって、シックスナインの体勢のまま重なりあっている女たちの側に向かった。

「ねえ、光石さん……」

希子が涙声で言った。頬や鼻や口のまわりに白濁液を浴びたまま、拭うこともできない顔がもの哀しい。

「死ぬとか殺すとか冥土の土産とか、そういうのもうやめて。わたしだって悪かったけど……加治さんや社長があなたに暴力ふるったことだって申し訳ないけど……でも、復讐ならもう充分じゃない？　もうやめにして……」

「うるさいっ！」

光石は冷酷な眼つきで言うと、希子の蜜壺に指を突っこんだ。じゅぽじゅぽと音をたてて、掻き混ぜはじめた。

「あううっ！　いっ、いやあああっ……」

希子は髪を振り乱して泣き叫んだ。先ほど、絶頂寸前まで追いつめられながら放置された体はすぐに火がつき、ひいひいと喉を絞ってよがりはじめた。

「おまえみたいに誰が相手でもイキまくる肉便器に、生きてる価値なんてないんだ。ここで死んだほうが身のためなんだ」

「ああっ、いやっ！　やめてっ！　やめてええええっ……」

泣き叫ぶ希子よりも、泣き叫ばせている光石のほうが、悲痛な面持ちをしていた。光石は信じていたのだ。希子がまっとうに自分だけを愛してくれていることを。自分だけのパートナーとして、生涯寄り添ってくれていることを。

そんな女を肉便器呼ばわりする気持ちは、悲痛に決まっていた。しかし光石はもう、引き返せない。最愛の女が、肉便器に堕《お》ちていく姿を目撃してしまったからだ。たとえ不可抗力とはいえ、希子は加治に犯されてイッた。巨漢に排泄器官を犯されながら、恍惚にゆき果てた。

「ああっ、いやあああっ……いやあああああっ……」

桃尻がぶるぶると痙攣を開始し、絶頂が迫ってくると、光石は希子の中から指を抜いた。加治のベルトをはずし、ズボンとブリーフをさげてイチモツを剝きだしの状態にした。

加治は勃起していなかった。

しかし、光石はかまわず希子の体を持ちあげた。美智流の上からおろし、加治の股間に顔を近づけた。

「舐めるんだ」

フェラチオを強要され、

「えええっ……」

希子は可憐な顔をくしゃくしゃに歪めた。恥辱のためではない。もはや、羞じらうことにさえ、疲れきっているようだった。

だが、抵抗の虚しさは、体に刻みこまれている。

「早く舐めろ」

もう一度急かされると、

「あああっ……」

つらそうに眉根を寄せ、長い睫毛を震わせながら、萎《な》えたペニスを口に含んだ。

加治は勃起していなかったが、希子にイチモツを咥えこまれると、そのままではいられなかった。

希子がかつて憧れ抜いたアイドルだから、だけではない。光石とは違い、肉便器に堕ちてなお、彼女のことを心から愛しているから、だけでもない。

先ほどまで、痛いくらいに勃起していたからだ。

女同士のシックスナインが悩殺的なエロスを振りまいて、勃起せずにはいられなかった。

光石によって交互に犯されたふたりの姿は、いても立ってもいられなくなるほどいやらしかった。

「うんぐっ……ぐぐっ……」

光石によって強制的にイチモツを咥えこまされた希子が、上目遣いで加治を見てくる。その瞳に、なんとも言えない哀しさが宿っていたせいで、加治はみるみる勃起してしまった。

希子はなにも、元婚約者に肉便器と罵られたことを哀しんでいるわけではなかった。恥辱まみれの嬲り者にされた運命を嘆いているわけでもない。

おのれの欲望の深さに絶望しているのだ。

肉便器と呼ばれ、女としての恥という恥をさらしきってなお、彼女は肉の悦びを求めていた。荒淫の修羅場で嬲り者にされつづけ、身も心も疲れきっているのに、いま口唇に咥えている男根を両脚の間に導き、腰を振りたてたくてしようがない——そんな心情が、哀しげな瞳の奥に透けて見えた。

いや……。

そうではない、とすぐに思い直す。

快楽にでもすがらなければ、正気を保っていられないのだ。今夜この場所で起きたことを真っ正面から受けとめるには、二十三歳は若すぎた。普段、蝶よ花よとおだてられている、アイドルタレントならなおさらだった。

「うんんっ……うんぐっ……」

希子が唇をスライドさせる。双頰をへこませて男根を吸いたてながら、すがるような上目遣いを向けてくる。

「むむっ……むむむっ……」

加治の顔はみるみる真っ赤に上気し、男根は痛いくらいに野太く膨張していった。希子の気持ちがせつなかった。それ以上に、唇の使い方がいやらしかった。

もしかすると、と胸底でつぶやく。

彼女は女としてひと皮剝けたのかもしれない。少女から大人へ、快楽のためなら獣の牝に堕ちることさえ厭《いと》わない、成熟した女の領域に足を踏み入れようとしているのかもしれない。

「まったく、ドスケベなド淫乱だ」

なにもわかっていない光石が、嘲《あざけ》り笑う。

「誰のチンポでもおいしそうにしゃぶる、こんな女と結婚しようとしてたなんてな……自分で自分が滑稽だよ……情けなさすぎて涙が出てくるよ……」

精神が崩壊したような泣き笑いを浮かべて、希子の体を後ろから持ちあげた。希子はM字開脚にいましめられたままだった。あお向けになっている加治の腰の上に、和式トイレにしゃがみこませる要領でしゃがませた。

騎乗位での結合の体勢をとらせたのだ。

「ああっ……あああっ……」

まるで自分から口づけを求めていくように、女の割れ目が亀頭にぴったりと吸いついてくる。希子の股間は無残なほどに濡れていた。粘膜や奥の肉ひだは、触れられただけで飛びあがりたくなるくらい敏感になっているに違いなかった。それでもみずから腰を落としてくる。可憐な顔を可哀想なくらいひきつらせて、硬く勃起しきった男根をずぶずぶと咥えこんでくる。

「あああっ……いいっ！」

半分ほど咥えこんだ段階で、もう我慢できないとばかりに腰を使いはじめた。M字開脚の中心を上下させ、亀頭をチャプチャプとしゃぶりあげてきた。

（希子っ……）

加治は息を呑み、まぶしげに眼を細めて、彼女を見上げた。薄闇の中、発情の汗にまみれた体から、神々しいオーラが放たれていた。

エロスのオーラだ。

彼女はいま、開花の時を迎えようとしていた。

美しい女は、犯されてなお美しい。

むしろ、犯され、穢されることによって、いっそうの美しさを獲得できる。

そういう領域に到達しようとしていた。

背中に生えた翼まで見えるようだった。

快楽の空を自由に飛びまわれる、欲望の翼だ。

「はっ、はぁあうううううーっ！」

希子は最後まで腰を落としきると、獣じみた咆吼《ほうこう》を放った。陰毛と陰毛がからみあいそうなねちっこさで腰をまわし、結合の歓喜を嚙みしめた。

「ふんっ、どうせ最後のオマンコだ。せいぜい愉しめ」

光石は悔しげに吐き捨てると、希子の背後で美智流に覆い被さった。正常位で貫いた。拘束され、抵抗できない三十八歳の女社長を、再び犯しはじめた。

「ああっ、いやっ……いやあああっ……」

加治の位置からは、希子の体が邪魔になって美智流の姿までは見えなかったが、声だけはよく聞こえてきた。

「ああっ、やめてっ……もう許してえええっ……」

「なにが許してだ。オマンコはぎゅうぎゅう締めつけてきてるぞ」

「あぁうううううーっ！」

長く尾を引く美智流の悲鳴に、希子のあえぎ声が被さる。

「はぁうっ……はぁううっ……ああっ、いいっ！　たまらないっ！　おまんこ、いいっ……おまんこ、いいいっ……」

両手を頭の後ろで拘束され、乳房も腋の下もさらしたまま腰を使う希子は、この世の者とは思えぬほど卑猥さに満ちていた。

「ねえ、してっ……加治さんもしてっ……下から突いてえええっ……」

加治はうなずき、望みを叶えてやった。勃起しきった男根で、下からずんずんと突きあげた。希子の動きを受けとめながら、肉と肉とをしたたかにこすりあわせた。

「はぁううっ……いいっ！　なんていいのっ！　すごいいいいっ……」

「まったくいやらしい女だよ」

光石の声がして、異変が起こった。希子の動きがとまったのだ。異変はそれだけではなかった。蜜壺がしたたかに男根を食い締めてきた。

「ぐっ……ぐぐっ……」

希子が双頬を痙攣させ、わなわなと唇を震わせる。

「ここも好きなんだろう？　手伝ってやるよ。もっと気持ちよくなればいいよ」

そう言う光石は、希子のアナルに指を突っこんだようだった。中でぐりぐりと動かしはじめると、体内の粘膜越しに加治の男根にも刺激が伝わってきた。

「ああっ、いやっ……いやああああっ……」

可憐な顔をくしゃくしゃにしながらも、希子は感じているようだった。腰が動きだした。巨漢に犯されたことでアヌスも開発されてしまったのか、あるいは生来、全身に性感帯が眠っているタチなのか、光石の指に排泄器官をぐりぐりとえぐられるほどに、腰の動きが蘇っていく。

「くぅううっ……あああああーっ！」

加治が下からずんずんと突きあげると、白い喉を突きだしてあえいだ。腋の下から大量の汗を流し、乳房をタプタプと揺さぶってよがり泣いた。

たまらなかった。

美智流を犯しながら、希子の尻の穴にまでちょっかいを出してきた光石に、加治は感謝した。指の動きが男根に伝わってくることに、嫌悪感さえ覚えなかった。

もっと希子を責めてほしかった。

希子を開花させてほしかった。

彼女はいま、グラビアアイドルなどというフィクショナルな存在を超えて、女の悦びを謳歌している。この世に生まれてきたたしかな実感を快楽の中に見いだし、水着姿でカメラの前に立つより美しく輝いている。

「むううっ……むううっ……」

加治もまた、快楽の中に生きていた。

アナルに指が埋まっていることで蜜壺の締まりは増し、尋常ではない密着感が訪れた。肉と肉とをこすりあわせるほどに、密着感は一体感へと高まり、凹凸が本当につながってしまった錯覚が訪れた。男と女ではなく、ひとつの生き物として愉悦をむさぼっている実感がたしかにあった。

「はぁあああっ……はぁあああっ……はぁあああっ……」

「あぁううっ……はぁううっ……はぁううっ……」

希子と美智流のあえぎ声が競りあい、からみあう。喜悦に歪んだ声と呼吸音が、部屋の空気をどこまでも淫らにしていく。体液が放つ獣じみた匂いが、むせかえりそうなほど濃厚になっていく。

「むうっ……むああっ……」

息苦しさにあえぐ加治の口に、突然新鮮な空気が流れこんできた。

顔にかいた汗が、ガムテープの粘着力を弱めたらしい。大きく口を開くと、半分以上剝がれてくれた。

「そ、そんなものかっ!」

加治が大声をあげると、女たちのあえぎ声がとまった。希子が腰を動かすのをやめ、光石もまた、やめたのだろう。

「指なんかじゃ、希子はまだ満足できないみたいだぞ。光石っ！　指よりもっと太いもので、希子を犯してやれよ。一緒に犯そうじゃないか」

「……なんだって」

光石が上体を起こし、美智流との結合をといた。希子の背後に陣取ると、彼女の背中を押した。

「あっ……」

両手を拘束されている希子が、上体を加治に預けた。必然的に、背後にいる光石に尻を突きだす格好になる。

「……あんた、最高だな」

光石は加治に向けてひきつった笑みを浮かべると、いままで指を入れていた部分に勃起しきった亀頭をあてがった。

「えっ……ええっ？」

焦った希子が振り返ろうとしたが、それより早く光石が挿入を開始した。指責めでゆるめてあった後ろのすぼまりに、むりむりと男根を押しこんだ。

「ぅんぐっ！」

希子が眼を見開き、瞳を凍りつかせる。排泄器官は、巨漢にも犯されていた。しかし、希子はいま、前の穴に加治のものを咥えこんでいる。状況が違う。過酷な二本刺しの苦悶が、可憐な顔を歪みきらせる。

「むむっ……これがっ……これがアナルセックスかっ……」

光石は真っ赤な顔で唸りながら、根元まで男根を埋めこんだ。加治にもそのことがはっきりとわかった。見えなくても、感じるからだ。希子の体内の薄い粘膜を通じ、もう一本の男根が入ってきたことが生々しく伝わってきた。

「ぐぐっ……いっ、いやっ……」

希子は悲鳴すらあげられず、身をよじることもできなかった。ただ、苦悶に歪みきった顔に脂汗を浮かべ、あわあわと唇を動かすばかりである。

「どうだ？　ふたりがかりで犯される気分は」

加治はささやいた。できることなら抱きしめてやりたかったが、全身をガムテープでぐるぐる巻きにされた体では、それも叶わない。

抱きしめるかわりに、腰を動かした。希子に体重を預けられ、巨漢に痛めつけられた体が軋んだけれど、かまっていられなかった。

ぐいぐいと下から律動を送りこむと、

「くっ！　う、動かないでっ！」

希子が悲痛な声をあげたが、

「動かないでいられるか」

光石も加治を追うように腰を使いはじめた。禁断の排泄器官に埋めこんだ男根を、ずずっ、ずずっ、と抜き差しした。

「あああああーっ！」

希子が泣く。眉根を寄せて涙を流す。

「むむむっ、こんなに締まるなんて、オマンコ以上だ……死ぬ前にアナルセックスが味わえてよかったよ、希子っ！」

光石が陶然とした顔で腰を使い、加治も負けじと下から突きあげた。

男たちの鼻息が一足飛びに荒くなり、競いあうようにピッチが高まっていく。

「ああっ、やめてっ！　もうやめてえええっ……」

希子は泣きじゃくって身をよじったが、そんなことをしても男根二本刺しからは逃れられない。あまつさえ、両手両脚を拘束されている。身をよじるほどに、前の穴と後ろの穴を同時に塞がれた衝撃が強まっていく一方である。

「どうだっ！　どうだっ！」

光石が勝ち誇った声をあげる。

「後ろから前から責められて、たまんないだろう？　おまえのような淫乱は、ひとりの男じゃ満足できないんだろう？」

「くぅううう―っ！　くぅうううう―っ！」

真っ赤な顔で悶絶する希子の顔を、加治は血走るまなこで凝視した。苦悶にうめいてはいても、彼女は感じているようだった。その兆候が表情から垣間見えた。

「遠慮するなよ」

加治は低くささやくと、気力と体力を振り絞って、ずんっ、と深く突きあげた。

「はっ、はぁおおおおおおーっ！」

希子の上体がビクンッと跳ねあがる。だが、後ろには光石がいるので、のけぞるスペースはなかった。よけいな動きをしたせいで、光石に乳房をつかまれ、むぎゅむぎゅと揉みしだかれただけだった。

「乱れていいんだよ。燃え狂っていいんだよ。そらっ！　そらあっ！」

ずんっ、ずんっ、と深く突きあげ、子宮を痛烈に叩いてやる。

「むううっ！」

激しい動きに、光石が負けじと追従する。双乳をしたたかに揉みしだきながら、腰を振りたてる。

「ああっ、いやあっ……いやあああああっ……」

リズムの違うふたつのピストン運動が、希子の性感に火をつけた。本能で男たちの欲望に応える。悶絶しながらも腰を振り、ふたつのリズムを受けとめる。また希子は、エロスの化身として、ひと皮剝けたのだ。

熱狂が訪れた。

希子にしても光石にしても、もちろん加治自身も、もはや気持ちのいいレベルを超え、夢中になって肉と肉とをこすりあわせた。三人で、紅蓮《ぐれん》の炎に包まれてしまったようだった。ただ燃え尽きることだけを求めて、腰を使った。愛やら恋やら憧れやらは、彼方に吹き飛んでいた。ただの獣だった。いや、一塊の肉塊だった。快楽だけに身を焦がし、他のことなどなにも考えられない、ある意味ではひどく低俗な、ある意味では完璧《かんぺき》な生物となっていた。

やがて、三つのリズムが重なった。

クライマックスが近そうだった。

加治は死を感じていた。

猟銃の銃口を向けられたときより生々しく死に近づき、けれどもそれは驚くほど甘美なものだった。

「もうっ……もうダメだっ……」

光石が絞りだすような声をあげて射精に達し、

「おおおおおーっ！」

追いかけるように、加治も男の精を噴射した。

「ああっ、いやああっ……いやああああああああーっ！」

後ろの穴と前の穴に埋めこまれた男根が、ドクンッ、ドクンッ、と暴れだすと、希子も限界に達したようだった。

「ああっ、イッちゃうっ……わたしもイッちゃうっ……イクイクイクイクッ……はぁおおおおおおーっ！」

獣じみた悲鳴をあげて、絶頂に達した。

三人で、喜悦に歪んだ声をからめあわせながら、身をよじりあった。

いつまでも終わらない射精を続けながら、加治は厳《おごそ》かなものを感じていた。

自分の上で恍惚をむさぼっている女が、たったのひと晩で蛹《さなぎ》から蝶へとかえったことが、嬉しくてならなかった。

エピローグ

すべてが死に絶えたように沈黙が部屋を支配していた。

いつの間にか暖炉の火も消えていた。

それでも視界がかろうじて確保できていたのは、窓の外が白々と明けてきたからだった。

希子の中で射精を遂げた光石が結合をといたのは、三人とも動かなくなってからゆうに五分以上が経過してからだった。希子の排泄器官からまだ勃起したままの男根を引き抜いても、側でしばらく呆然としていた。

加治と希子も、動けなかった。言葉を発することもできないまま、激しい恍惚の余韻に浸っていた。意識と無意識の間を彷徨《さまよ》うような、ふわふわした時間の中にいた。おそらく、光石もそうだったのだろう。

しかし、窓の外が明るくなってくると、のっそりと体を起こして服を着けた。押し黙り、眼を伏せて、希子と美智流の拘束をといた。

そしてひとり、別荘から出ていった。

希子と美智流はしばらくの間、呆然としたままだったが、やがてお互いに眼をそむけたまま、加治の体に巻かれたガムテープを剝がしてくれた。

加治は慌ててさげられていたズボンとブリーフを直した。体の節々が尋常ではなく痛み、歩くことも難しそうだったが、気ばかり急いていた。

「ここで待ってるんだ」

ふたりに言い残し、出口に向かう。

「俺が出ていったら、扉に鍵をかけるんだ。戻ってきて外から声をかけるまで、絶対に開けちゃダメだ」

よもや光石がひとりでここに舞い戻ることはないだろうと思われたが、念のために告げておく。

ふたりの眼は不安で曇っていた。

加治と同じ不安を抱えているようだった。

もちろん、光石についてだ。

光石はあきらかに死を覚悟していた。

死なせてはならなかった。

美智流が言っていた通り、巨漢を殺めたのは正当防衛だし、その後の展開についても、彼ひとりが悪いわけではない。

状況が悪かったのだ。

若く、才能あふれた彼が、みずから死を選びとらねばならないほどの罪を犯したとは思えない。

なんとかして、思いとどまらせなければならなかった。

雪についた足跡を追った。

足跡は斜面を上に向かっていた。

追いかけながら、心臓が早鐘を打ちはじめる。

下界に逃げたのでなければ、やはり死ぬつもりに違いないという、嫌な予感ばかりが胸の中で大きくなっていく。

歩を速めた。

巨漢にやられたダメージのせいで、走れもしないのに、ハアハアと息だけが激しくはずむ。

ズドンッ！　という銃声に足がとまった。

深く息を吐きだし、天を仰いだ。

どうやら間に合わなかったらしい。

絶望感でひときわ重くなった足を必死に動かして斜面をのぼった。

光石が倒れ、純白の雪が血に染まっていた。驚くほど鮮明な赤い血の色に、現実感を奪われそうになる。

眼をそむけ、もう一度深い溜息をついた。

そこは見晴らしのいい場所だった。

光石が最後に見たこの世の光景を拝むことができた。

麓の町が遠目にもめちゃくちゃになっていた。建物という建物が壊れて瓦礫《がれき》となり、所々で黒煙をあげている。

巨漢の話は本当だったのだ。

ならば東京は……。

自分たちが戻れる場所がこの世には残されているのか……。

「加治さんっ！」

声に振り返ると、服を着けた希子と美智流が息を切らせて斜面をのぼってくるのが見えた。

「ダメだっ！　戻れ……」

加治は両手をひろげてふたりに近づいていった。

両手をひろげたくらいでは背後の死体は隠せなかったが、希子も美智流も加治の気持ちはわかってくれたらしい。

「遅かった……見ちゃダメだ……」

加治はふたりの肩を押し、死体に背を向けさせたが、本当に見せたくないものは、もちろん死体ではなかった。

「一歩遅かった……間に合わなかった……」

苦渋に満ちた表情でつぶやきながら、必死になって頭を回転させていた。

麓の町が壊滅状態なら、助けは来ない。

だが、諦めるわけにはいかない。

なんとしてでも生き延びて、希子をもう一度カメラの前に立たせなければならない。

彼女はやはり、スターになる星を背負って生まれてきたのだ。

それを証明するまでは、死んでも死にきれない。

希子を死なせるわけにはいかない。

他人にしてみれば、些末《さまつ》で滑稽なことかもしれない。

しかし加治は、途轍《とてつ》もない使命感を覚えていた。

光石がこの世の見納めに向きあった絶望を直視してなお、身の底から生きるエネルギーがこみあげてくるのを感じた。

この作品は書き下ろしです。原稿枚数332枚（400字詰め）。

GENTOSHA OUTLAW BUNKO

淫獣《いんじゅう》の宴《うたげ》

草凪優《くさなぎゆう》

平成24年12月10日　初版発行

発行人——石原正康
編集人——永島賞二
発行所——株式会社幻冬舎
〒151-0051東京都渋谷区千駄ヶ谷4-9-7
電話　03(5411)6222(営業)
03(5411)6211(編集)
振替00120-8-767643
印刷・製本—中央精版印刷株式会社
装丁者——高橋雅之

幻冬舎アウトロー文庫

ISBN978-4-344-41963-6　C0193　O-83-4

幻冬舎ホームページアドレス　http://www.gentosha.co.jp/
この本に関するご意見・ご感想をメールでお寄せいただく場合は、
comment@gentosha.co.jpまで。